文学少女

爱恋插话集2

『文学少女』天野远子

这是描述了对故事喜爱到想吃下去的『文学少女』
和她身边人们的故事……
井上心叶

琴吹

我—反町亮太
森

琴吹同学，下次再一起去看电影吧。

嗯。

去水族馆和游乐园也不错。

是啊，动物园也不错啊。

琴吹同学喜欢什么动物呢？

唔……企鹅。

目录

小森的自言自语——5

文学少女和呼喊爱情的诗人（海涅）——19

文学少女今天的点心～《洛丽塔》～——54

文学少女和急待亲吻的诗人（拜伦）——67

文学少女今天的点心～《飞翔的教室》～——104

七濑的恋爱日记——117

其一　唯一的心愿——118

其二　讨厌的隐情——127

其三　明天一定会……——138

文学少女和玷污名声的诗人（中也）——151

文学少女今天的点心～《银汤匙》～——193

文学少女和献上祝福的诗人（泰戈尔）——205

七濑的恋爱日记　特别篇——247

文学少女

爱恋插话集

2

精装珍藏版

〔日〕野村美月 著 〔日〕竹冈美穗 绘

哈娜 译

人民文学出版社
PEOPLE'S LITERATURE PUBLISHING HOUSE

著作权合同登记号：图字 01-2020-1634

图书在版编目（CIP）数据

爱恋插话集 . 2 / (日) 野村美月著 ; (日) 竹冈美穗绘 ; 哈娜译 . -- 北京 : 人民文学出版社 , 2020
（文学少女 : 精装珍藏版）
ISBN 978-7-02-010602-8

Ⅰ . ①爱… Ⅱ . ①野… ②竹… ③哈… Ⅲ . ①短篇小说－小说集－日本－现代 Ⅳ . ① I313.45

中国版本图书馆 CIP 数据核字 (2020) 第 054383 号

责任编辑　朱卫净　　李　殷
装帧设计　汪佳诗

出版发行　人民文学出版社
社　　址　北京市朝内大街166号
邮政编码　100705
网　　址　http://www.rw-cn.com

印　　制　上海利丰雅高印刷有限公司
经　　销　全国新华书店等

字　　数　110千字
开　　本　787毫米×1092毫米　1/32
印　　张　8.625
版　　次　2020年1月北京第1版
印　　次　2020年1月第1次印刷

书　　号　978-7-02-010602-8
定　　价　59.00元

我早就发现他心里想的是谁了。

在我们两人说话时，他会突然失神，紧闭嘴巴，神情寂寥地远眺。这种时候，他就是在想她。

第一次见面时，他同样一直看着我之外的女孩。

他全心全意对那女孩展露的笑容令我小鹿乱撞。如果那温柔甜美的眼神注视的是我，会是多么地幸福啊——我陶醉地这样想，却又突然感到凄苦。

因为他根本不知道有我这个人。

即使如此，我还是每天都去看他。怀着既甜蜜又痛苦的心情，看着以爱慕的眼神凝视其他女孩的他。

到了高二，我终于进入了他的视野，但是他身边又有了别人——别的女孩，两人之间已经培养出深厚的情感。

我知道，他跟她在一起的时候是多么安心、多么幸福，我也知道她比任何人都了解他。

我终究还是不行……

直到最后，他还是没有爱上我。

就算这样，我还是一直爱着他。

小森的自言自语

我是圣条学园的高二生，朋友都以我的姓“森”来称呼我。

至于名字……不知道啦！就是不能说！

绝对禁止！敢叫我的名字就绝交！

大家都说“现在这种名字又不稀奇”，或是“这名字很可爱啊”，或是“你太在意啦”，但我还是想要尽快改名。

希望爸爸和妈妈能为随兴帮可爱的小女儿取名这件事彻彻底底地反省。

就这样，这个话题该结束了！

今天我要来说七濑的事。

我见到琴吹七濑这个女孩是在高一的第一学期。那是期中考刚结束，已经渐渐适应了高中生活的时候。

放学后，我去图书馆还书，看到柜台有个板着脸的女孩。

——哇，好漂亮！不过她好像心情很差。

这是我对她的第一印象。

她眉梢高挑、嘴唇撅起、表情绷紧，眼神也很死硬。看她的制服还很新，应该跟我一样是高一生吧？她那发型俏丽的浅茶色头发在肩上轻盈地跳动，眼睛是明显的双眼皮，胸部很大，身材也很好。

我忍不住感叹美女就算臭着脸还是很美，一边猜着她究竟在生什么气。

譬如说，或许她不想当图书委员，但是因为猜拳猜输所以被迫接受，所以她才心生不满而闷闷不乐？还是她今天本来要约会，却因轮到自己值班所以不能去？

我一边递出书本，一边胡乱猜想，视线还不断往她身上瞄，但是她对我连看都不看一眼。

当时我心想，她的自尊心应该很高，个性大概也很刻薄。

隔天，我在教室里提到这件事，大家立刻有所反应。

"我知道，你说的应该是五班的琴吹七濑吧。男生都很迷她喔，说她又漂亮胸部又大。"

"她跟我们班的更科有得拼呢。不过她们是不一样的类型，更科是正统的气质美女，而琴吹该怎么说呢……傲娇？"

"是啊是啊，她就算一脸厌烦地把头转开，看起来还是很惹人怜爱，人长得漂亮就是这么好！"

"因为男生都是笨蛋嘛，只会看外表而已。"

哇塞，大家都讲得好不客气啊……

的确男生都对美女没有抵抗力，不过女生不也一样吗？因为我们也会说班上的芥川很帅啊。

我这么一说，大家就异口同声地反驳。

"你在说什么嘛，小森！芥川又不只是长得好看！"

"就是啊！他在期中考拿到全学年第四名耶，头脑也很聪明啊！”

“而且他对运动也很拿手，个性又很认真，待人很亲切啊！”

“是啊！他对人很好耶！不久之前，我很辛苦地抱着一堆东西，他还帮我拿喔，而且态度很自然，一点都不会让人觉得勉强。”

“嗯嗯，我懂我懂，芥川真是温柔啊！”

“芥川本来就跟只是长得好看的轻浮男生不一样嘛！”

一讲到芥川，大家就停不下来了。

当然，我也是刚入学就对他一见钟情。

他成熟得不像是跟我同年的人，什么事都做得很好，但是个性却很低调，感觉十分可靠，还连外表都完美无缺，真是太奸诈了。

大家坚持地说芥川不只是长得好看，这种心情我很能理解，可是，我也很喜欢芥川的长相。

像是那双跟和服很配的冷静细长眼睛，优雅的下巴，挺得笔直的身体，光是看到这些我就会心跳加速，莫名其妙地害羞起来。

如果芥川长得像河马或是骆驼，一定不会让我这么脸红心跳。所以，长相对青春期的恋爱来说也是很重要的。当然，还是要看身上散发出来的气质之类的整体表现啦。

“对了，芥川是弓箭社的吧？他也会参加比赛吗？”

“他才一年级而已，应该不会吧？”

“可是他好像比二年级的学长还厉害耶！”

“哇！那芥川如果当上固定选手，我们就去加油吧！”

“嗯，一定喔！”

大家吱吱喳喳地聊着这些话题，开心得不得了。

像我这种外表和成绩都很普通的女孩，想当芥川的女朋友简直是在做梦，但我光是想象就开心得不得了。

有喜欢的人真的很棒呢。如果我跟芥川同班的期间能和他熟起来就更好了。

后来，我也经常看见在图书馆柜台里工作的琴吹。她总是噘着嘴，一副不高兴的模样。

我撞见全班最漂亮的更科跟芥川在一起，是在第一学期期末考结束之后的事。

他们站在走廊的角落，像是在说什么悄悄话一样，神情紧张地看着彼此。

“如果你有空的话，希望你能来看周六的比赛……”

芥川紧张得表情僵硬，很痛苦似的低声说着，更科则是红着脸点头。

我突然觉得心脏痛得快要裂开，急忙离开那个地方。

刚才那是怎么回事？芥川邀请更科去看比赛？芥川喜欢更科吗？

说起来更科长发飘逸、皮肤白皙，长得漂亮又有女人味，相当有男人缘，跟芥川站在一起是很相配的俊男美女组合。

像我这种人怎么比得过更科嘛。

哇啊啊啊啊啊啊啊啊，我哪有资格跟人家比嘛！

◇　◇　◇

这一天我都失魂落魄的，上课时什么都听不进去，全身隐隐刺痛，一想到在走廊上的那两人，我就觉得眼眶发热，泪水快要流出，因此拼命眨眼忍住。

我又还不确定芥川喜欢更科，或许是哪里搞错了。但是，从当时那种对话和气氛看来也只能这样想，而且更科也是一副陶醉的样子嘛。

上课时，我偷偷望向芥川和更科，发现芥川很难受地皱紧眉头，更科则一脸开心地在发呆。

看到这一幕，我心想果然是这样。芥川告白了，更科也答应，两人开始交往。我又觉得胸口紧缩，呼吸困难。

我不行了。第一学期都还没结束，我已经失恋啦！

唉，决胜的关键果然还是外表。

如果我像更科那么漂亮，芥川会不会喜欢我呢？

我怀着懊恼的心情直到放学时间。

“小森，回家的路上要不要去吃可丽饼啊？”

“抱歉，我还有事，不去了。”

我实在没心情像平常一样跟大家一路聊天回家，所以抱着快要到期的书去图书馆。我打算在阅览室快快看完就拿去还。

不过，我干吗要借这本《罪与罚》啊？我会看的名著只有课本里面有的啊。对了，是因为芥川看过这本书。

一想起这件事，我就觉得有块大石压到我头上。

我低着头从柜台前走过。今天值班的是琴吹，她跟平时一样不高兴地撅着嘴，挑起眉梢。

我坐在桌前开始读书，但别说是快快看完了，我根本连一页都看不下去。

唉，真是永无止境的黑暗。

拉斯克尼科夫也像这样自言自语过……这真不是失恋时看的书啊。干脆别看了，直接拿去还吧。

我望向柜台，看见一个大概是同学年的男生正在对琴吹说话。他不安地摇来晃去，低着头小声说话。

嗯？好奇怪的态度。

我看见他从口袋拿出一张票交给琴吹，突然领悟过来。

啊，原来如此！这个人喜欢琴吹，所以想邀她出去。

我想通以后，脑袋顿时呼呼发热，还感到呼吸困难。

他说得很卖力，琴吹却连看都不看他，只是僵着表情望向别处。

即使如此他还是不放弃，然后琴吹回了一两句话，大概是拒绝的回答吧。

只见那男生握紧了票，伤心地垮下肩膀，走出图书馆。

这就像是在看自己一样，我胸中刺痛，心都快要碎了。

我在走廊上看见芥川和更科时感受到的凄惨和挫败，还有皮肤上的刺痛感又再出现，连喉咙和眼皮也颤抖起来。

我明明没被人那样冷淡地甩过啊。

一定是因为琴吹长得漂亮，已经很习惯被人告白，所以她才能这么狠心地拒绝对自己示好的人。

琴吹应该没有单恋过别人吧。

被甩掉的男生真可怜，我也觉得心情越来越悲惨。感到一阵鼻酸，正想赶快眨眼忍住的时候……

啊……

在我模糊的视线里，出现一位跟我一样咬着嘴唇像是要哭泣的女孩。

简直就像在照镜子一样，她目光低垂、眼角含泪、眉梢下垂，很难过地低着头。

最令我吃惊的是，那个人是琴吹。

我眨眨眼睛，再仔细一看，果然没错。

她刚刚还不高兴地噘着嘴望向一旁，现在却好像在强忍泪水，咬紧嘴唇。

“！”

我吓了一跳。

为什么？她为什么会露出这种表情？

她明明那么冷淡地甩了人家啊。可是，她现在却很愧疚地垂下目光颤抖。

我还以为她这么漂亮应该已经很习惯被人告白，也很习惯拒绝别人。

可是，琴吹伤害了别人，说不定自己也会觉得痛苦。

有个学生拿着书走近柜台，琴吹又挑起眉梢，板起面孔。

那种表情看起来好脆弱，我看得心都痛了。

结果我还是没读完《罪与罚》就到了离校时间。

我带着书离开图书馆，打算回教室拿忘记的东西，但是在我拖拖拉拉之间，天空已经显现出明亮的橘色。

天空还残留着一些蓝色，上面盖着橘色的暮云，好美啊……我边走边抬头看，突然有个焦躁的声音窜进我的耳朵。

“我还是没办法接受，为什么不行呢？请你清楚地告诉我。”

哇塞！

我停下脚步，见到刚才在图书馆被琴吹甩掉的男生以一副坚持的模样逼近她。

“琴吹，你没有男朋友吧？那我为什么不行呢？我们一开始当朋友就好了，你跟我去听一次演唱会嘛。”

“这个……我没有办法。”

琴吹表情僵硬地转开视线。虽说我在赶时间，不过就算我想从旁边走过，路也被他们挡住了。

“好嘛，拜托你。”

他身体前倾恳求着，琴吹露出害怕的眼神咬紧牙关。

在图书馆瞥见的哭脸又浮现在我的脑海，我连想也不想就从后面大喊：

“琴吹！”

两人都惊讶地看着我。

我笑着跑过去，用手勾住琴吹的手臂，琴吹睁大了眼睛。

“太好了，总算追上你！我们约好要一起去买东西呀。好了好了，要快点去才行，店都要关啰！”

“呃，那个……我……”

“再见。”

我拉着琴吹，回头大力挥手，那个男生也愣愣地挥手回答：“再……再见。”

然后，我们看着前方不停走着。

“嘿嘿，不好意思，因为我看见你好像很困扰的样子。”

“呃……没有啦。”

琴吹睁大眼睛回答。她好像很错愕，看起来挺可爱的。

“我跟你同样是高一，我姓森，是二班的。我偶尔会去图书馆，所以也在那里看过你。”

“呃……你今天也有去吧？”

琴吹愣愣地问着。

啊，她还记得耶，我开心地微笑，同时也害羞地脸红。

“谢谢你刚才帮了我……森、森同学。”

好可爱！搞什么，这女孩真是可爱到不行！

啊啊，原来如此……她在柜台的时候原来是因为紧张才那么僵硬啊。

她也是因为害羞，所以才不正眼看人。

“那个……我、我的手……”

“啊，不好意思。”

我发现自己还勾着她的手，不好意思地嘿嘿笑着，正要放开的时候……后方传来“铃铃”的清脆铃声，我回头一看，是骑着自行车的芥川。

哇!

“森，你现在要回家吗?”

真没想到！芥川竟然会跟我说话!

“呃，是啊，我刚刚一直在图书馆。你要去社团吗?”

“嗯，明天见。拜拜。”

只是这样简短的对话。

芥川微微一笑，立刻骑着自行车走了。

我一边大声叫着“明天见”一边用力挥手，雀跃地想要跳起来。

在回家的路上碰巧遇到芥川。芥川叫我“森”，直视着我对我说话，还跟我说了“明天见”。

这些事都让我开心不已，甜蜜温暖的心情在胸中塞得满满。让我不禁想着：啊啊，我果然很喜欢芥川。

芥川喜欢的是更科，说不定他们两人正在交往。

但是，就算这样也没关系，因为我现在还是觉得这么开心。

我用双手捧着扬起的脸颊，一个人傻傻地笑着，让琴吹看得一脸诧异。

我的心情不断飞升，几乎压抑不住，兴奋地说：“嘿，刚刚那个人很帅吧？他叫芥川，是我们班上最受欢迎的男生喔。”

“是……是这样啊……”

我继续对吃惊的琴吹唠叨地说着芥川的事。

“他是弓箭社的，才一年级就被选为固定选手耶。”

“是、是吗……那还真厉害……”

“就是说啊！他的成绩也很好喔！期中考时是全学年第四名，期末考还拿到第二名耶！”

“喔喔……”

“还有还有……”

天色从黄昏的橘红渐渐变成夜晚的藏蓝，我们在这景色之中并肩走着。

道别的时候，我说：“别叫我森同学，叫小森吧，朋友都是这样叫我的。”

琴吹腼腆地笑着，很开心地点头回答：“嗯。”

她这表情就像一闪一闪的星星那么可爱。

从那时以来已过了一年以上。

现在是二年级的第二学期，我跟七濑已经是同班同学。

芥川还是跟我同班，我也还在单恋，不过光是每天都能见到他，我就觉得“啊啊，他今天也好帅！”“好幸福啊！”

七濑好像也有喜欢的人，虽然她很害羞地死撑着不说，但她一直表现出很在意井上的样子，所以我很快就看出来了。

可是她在井上面前却会更不友善，脸也很僵硬，还说出“讨厌他”这种话，真是急死人了。

她还是一样很受男生喜欢，像是同班的反町最近就经常看着七濑，前阵子他跟七濑目光交会还脸红。

反町长得很高，个性也好，算是不错的对象，不过，七濑的心应该还是非井上莫属吧。

如果井上不是那么迟钝就好了，而且他看起来耳根子很软，好像不怎么可靠……唔唔唔唔，如果我放着不管，他们永远都不会有进展啦。

这种时候，我一定要以朋友的立场来凑合七濑和井上才行。

好，要加油啰！

文学少女和呼喊爱情的诗人（海涅）

“反町，你喜欢七濑吧？”

早上在教室里突然被问这个问题，我脸都红了。

“怎样？没错吧？我猜对了吧？”森紧迫盯人地问道。

“我对这种事是很敏锐的。你经常看着七濑，之前七濑望向你，你也慌张地转开视线。今天你比平时还早来学校，也是因为想找我谈七濑的事吧？”

我的嘴只能没出息地发出“啊”“呃”之类的声音。十一月已经过了一半，外面的景色已经像是冬天，可是我却脑袋发热、满头大汗。

森确实猜中了。

总是在迟到边缘的我会在今天提早三十分钟出门，确实是因为森今天当值日生。想要跟森说话这一点，她也猜得没错。

不过……

“我可以理解啦，七濑长得漂亮，身材又好，很受男生欢迎嘛。如果可以交到七濑这个女朋友，一定很自豪吧。”

森用力点头，我除了“啊”和“呃”以外还是说不出其他话。

“可是呢，很不好意思，我想这是不可能的。”

森突然换了个抱歉的表情，“啪”的一声合起双手。

“我不是说你哪里不好喔。你长得还挺帅的，运动神经也好，讲话也挺有趣，条件还算不错。如果对象不是七濑，我也愿意帮你的忙。不过，真的很对不起，你还是放弃七濑吧。我是为了你好。”

“森，我……”

快要从我发干的喉咙里冒出的话又塞住了。

啊，混账，为什么说不出来咧？

我……我……

在我红着脸咕哝的时候，又有其他同学来了。

“那就这样了，反町。不要太消沉啰，如果有其他烦恼可以再找我商量。”

森鼓励了我几句便离开。

“早安，铃乃！”

“啊，早安，小森。你今天当值日生啊？”

我心怀怨恨地瞪着跟朋友愉快聊天的森，一边在心中大喊。

（混账家伙……我喜欢的不是琴吹，是你啦！森！）

“不能叫我的名字啦！”

我，反町亮太，爱上了老是鼓着脸颊这么说的同班同学——森。

可是她竟然以为我喜欢琴吹七濑！到底是为什么？为什么事情会变成这样？

我经常看着琴吹？跟她对上视线还会慌张起来？

笨蛋，那是因为你总是跟琴吹混在一起啊！我看的才不是琴吹，是你啦！

可是森完全搞错了。

“我们班上最漂亮的女生应该是琴吹七濑吧。”

“就是啊！琴吹的胸前也很有料，真棒耶。”

这是第四节的体育课。男生在体育馆里打篮球，女生做的是蹦床体操。

在等待上场时，男生聚在一起对女生评头论足是很常见的景象。这种时候，大家最先提起的话题都是琴吹七濑。

“那凶狠的眼神和冷淡的口气还真不赖。”

“她的防备超重的耶。”

“那是傲娇啦。”

是吗？或许琴吹真的很漂亮，不过她眼神凶恶、态度冷漠，好像很讨厌男生，我一点都搞不懂她到底哪里好。

虽然说是傲娇，可是我怎么看都觉得她只有傲，一点都不娇嘛！个性也很差，只会惹人火大而已。如果跟那种老是一脸不满的无聊女生交往，就连自己也会变得阴沉。是说根本只会觉得沉闷，完全快乐不起来吧。

这一点森就好太多了。她个性开朗，聊起来又愉快，也会很热心地炒热气氛。至于长相，我觉得已经算是很可爱了，身材也不差。

最棒的还是个性亲切啊！

森很讨厌自己的名字，如果用名字叫她，她会生气地说："不要叫名字啦，下次再叫就要绝交！"可是除此之外，我从来没看过她发脾气。

她对谁都很亲切，朋友也很多。

我在暑假之前开始注意到森。

森在下课时间突然跑来找我，开心到脸上发光。

"给你，反町。这是你的吧？"

她伸出的手上拿着一颗衬衫的扣子。

"咦？奇怪？"

我急忙低头看自己的衣服，第三颗纽扣不知何时已经不见了。

"啊，真的是我的耶。"

森很高兴地笑了。

"嘿嘿，我在教室里捡到这个，心想应该是班上同学掉的，所以到处找找看。太好了。"

"这、这样啊，谢啦。"

"啊，我帮你缝起来好了。反町，脱衣服吧。"

"叫我脱……不用啦。"

"没关系，我对缝纫很拿手，很快就好了。好啦，快脱快脱。"

她愉快地说着，脱下我的衬衫，拿出自己的针线包，很快缝好了纽扣。

“好了，完成啰！这次我帮你缝得很紧，应该不会再掉了。”

她笑着递出衬衫的表情好自然又好灿烂——看起来可爱得不得了。

我就是这样注意到她的。后来我经常偷偷看她，结果越来越被她吸引，就这么喜欢上她。

就算掉了纽扣的不是我，森大概也会努力找出这个人，再开开心心地帮他缝纽扣吧。森就是这种人。但是她这种一点都不做作、自然而然的行为更让人喜欢。

嗯，还是森比较好。

如果要交往的话，森绝对比琴吹好。

我真想取笑班上的男生没有看人的眼光，不过我也没必要故意到处宣传森有多可爱、个性有多体贴，平白无故增加对手。

森的优点只要我一个人知道就好。

不过，最大的问题是森好像产生什么奇怪的误会了。

“喂，反町，你也是琴吹派的吧？”

“你这家伙经常盯着琴吹吧。”

同学们面带笑容，用手肘从两旁顶我的肋骨，让我觉得很不爽，真想当场大吼：才不是咧——

这是怎么回事啊？不只是森，连其他人都以为我喜欢琴吹。

我忍着想揍人的冲动否认，结果他们却更暧昧地说“别害羞嘛”。

啊啊，混账！我对琴吹一点意思都没有啊！我根本觉得琴吹很惹人厌！

放学后，我闷闷不乐地走出校舍，正要朝校门走去，后面却有人拍了我的肩膀。

“反町，你要回家啦？”

喔！是森！

森跟慌乱的我一起走着，两人一起离开学校。

围着淡橘色围巾，因冬天的低温冻得脸颊发红的森真的很可爱。火红的夕暮包围着我们。该怎么说呢，真是青春啊。

“今天早上的事真对不起。”

“不，那个……”

“你今天好像一直很消沉的样子，所以我很在意。”

“我就说是你误会啦……”

“上体育课的时候，你也一脸伤心地看着七濑吧？”

“你有没有在听我说话啊？森！”

“我也觉得好难过，心都揪起来了。”

“咦？”

森的眼眶含泪，低下头去。

难、难道这是从同情发展成恋情的桥段吗？真是这样也挺不错的。应该说，如果我最后能跟森成为男女朋友，就什么问题都没有……

“问、问你喔，你有喜欢的人吗？”

“啊？”

森面红耳赤地看着我。喔喔，难道这表示我有希望吗？

她建议我放弃琴吹，也是因为吃醋？是这样吗？我因为非常期待而心脏狂跳，继续问："只讲我的事情太不公平了，你也说出你喜欢的人吧。"

"呃……"

森的脸越来越红，她害羞地扭扭捏捏好一阵子，才小声说出："要保密喔，是我们班上的人。"

喔喔！

"芥川。"

她那可爱又害羞的表情让我深受打击。

竟然是芥川！

"喂，真的要保密喔。男生之中我只有告诉过你，绝对不可以说出去。"

森羞答答地拍着我的手臂。

为什么偏偏是芥川一诗？他长得帅，体格结实，成绩优秀，是弓箭社的王牌，而且个性诚实，很有人缘，简直是个完美超人嘛。如果说我们班男生最喜欢的是琴吹，那女生们最喜欢的毫无疑问是芥川，他就是这么受欢迎的家伙。

森，你的眼光也太大众化了吧！

啊啊，可是如果对象是芥川，森一定没有希望，所以也无所谓啦。

芥川虽然很有女人缘，却很少传出绯闻。他在一年级时好像为了女生跟社团学长闹翻过，最近那位学长又因为这件事而受伤，还引发一阵骚动。

芥川会小心避免跟女生太过接近，大概也是因为这件事吧。虽然我不是很清楚，不过受欢迎的人一定也有自己的烦恼。

就是因为这样，森的心情八成是得不到响应。

再说，某段时间跟芥川传出流言的更科也是出名的美女。

不，我不是说森配不上芥川，也不是说他们相差太多，这个……从完全客观的角度来看，芥川和森实在不太适合……当、当然，在我眼中，森比任何美女都可爱迷人！是说，我干吗要解释啊？

“是、是这样啊，森是芥川派的啊？啊哈哈……哈哈哈哈哈哈哈……对手应该很多吧。”

“嗯。可是，光是跟喜欢的人在同一间教室，我就觉得每天都很开心。”

“哈哈……那真是太好了……哈哈……哈哈哈哈……”

我也只能干笑。

“加油吧，森。”

我干吗还帮她加油啊？

在火红的夕阳底下，森露出笑容，眼睛发亮，很开心地笑了。

“谢谢。反町，你也要加油……虽然会很伤心，不过还是希望你早点找到适合的对象。”

北风飕飕吹过，我觉得好想哭啊。

“我完完全全、一点都没办法把心情传达给喜欢的女生。

是不是我的语言能力有问题？

我要怎样才能告白呢?

心情跌到谷底的R·S”

咚——我怀着自暴自弃的心情，把随手写的东西丢进中庭的奇怪信箱里。

三天以后……

“反町亮太同学，你就是写了这封信的人吧？”

一位绑着麻花辫的怪学姐出现在教室。

“哇！那、那是……”

当我看到自己在一时冲动之下写的超可耻字句出现在眼前，心脏差点跳出喉咙。

“果然是你！”

她得意洋洋地笑了。

我记得她好像读三年级，是文艺社的社长，叫做天野。虽然她是大我两届的学姐，不过她长达腰部的辫子很好认，而且还被评为气质美女，所以我对她的名字和脸都有印象。

实际站在近处一看，更觉得她的腰和脚都好细，脸也好小，皮肤的颜色白到接近透明，睫毛细长，眼睛又很漂亮，连声音都很美，整个就是古典美少女的感觉。不过完全没有胸部就是了。

“那、那个，你到底是……”

“我是文艺社的社长天野远子，如你所见是个‘文学少女’。”

天野学姐挺起扁平的胸部断言说道。

我发出了“啊?”的痴呆声音。

文学少女?什么玩意儿?因为是文艺社，所以是文学少女吗?

这位文学少女对着满头雾水的我说：“因为信上的署名是缩写，所以我找寄信的人找得好辛苦。不过，我一想到学校的某处有着为恋爱烦恼的小羊需要我这文学少女帮忙，就驱使了想象力，不惜挪用吃点心的时间拼命寻找喔。”

“调查学生名单的人是我耶……远子学姐只是坐在椅子上催着‘点心——点心——’而已吧。”

在天野学姐身边摆出苦瓜脸喃喃抱怨的是我认识的人。

那是跟我同班的井上。他的长相清秀又温和，成绩不错，对人也和气，不过因为太乖巧，所以不怎么引人注目。

这么说来，这家伙也是文艺社的啰?

“才没有这回事呢!我也亲自跑了很多班级去问‘你就是写了这封信的人吧’，总共问了五个人耶。”

天野学姐面向井上，很不服气地鼓起脸颊。

“呃，你们在找到我之前，已经让五个人看过这封信了吗?”

“是啊，问到第六人才找到你喔。”

她又转向我，不以为意地笑着说。

我的脑袋因羞耻而发烫，几乎想要当场逃走。

那种像是梦话的内容竟然被五个陌生人看到!这真是丢脸丢到家了。

“拜、拜托你，把那封信给我还来！不，请把信还给我！然后请把这一切都忘掉！我是一时鬼迷心窍才会寄出那种信，现在后悔得不得了。请你放过我吧！”

天野学姐看我低头哀求，就以清澈动听的声音说：“这怎么可以呢？你好不容易才鼓起勇气把信投入文艺社的信箱，我们一定要不遗余力地帮忙啊。”

“反町同学，这跟我没关系喔，是远子学姐擅作主张。”

“你不用担心，虽然心叶嘴上说得这么不客气，但是他一定不会对同班同学的困境置之不理。”

拜托……请你们置之不理吧。

井上愁眉苦脸地耸耸肩，天野学姐很愉快地探出上身。

“反町同学，首先请你告诉我们，你喜欢的女孩是谁吧。”

“咦！这、这个……”

我哑口无言地看着井上。

如果现在说出森的名字，我喜欢森的事情说不定会传遍全班。

“我知道了！那个女孩是反町同学班上的人！”

“哇！”

太敏锐了！她看来明明很迟钝，为什么直觉这么强？光是看我把视线投向井上就发现了吗？

“不、不行！我不能再多说！我绝不会说的！哪能说出来啊！”

井上看到我拼命摇头拒绝的样子，似乎觉得很同情。

“远子学姐，你尊重一下反町同学的意见，别再插手了吧？”

“怎么可以这么懦弱呢？反町同学，你缺少的不是语言能力，而是向对方表达心情的热情啊！我这个文学少女要推荐这本书给你。”

天野学姐一边说，一边把一本书塞给我。

这是啥？《海涅诗集》？海涅是哪位啊？

有哪个乐团的成员叫这个名字吗？还是说，这是个卡通人物？

天野学姐突然对着困惑的我口若悬河地说了起来。

“海因里希·海涅（Heinrich Heine）是一七九七年出生于德国杜塞尔多夫的作家，不过他自己都说他是一七九九年出生。双亲都是犹太商人。

“海涅从少年时代就在叔叔经营的银行工作，但是他没有培育出商人的才能，连叔叔为他开的公司都被他搞垮了，后来他靠着叔叔的资助进入大学。

“被称为恋爱诗人的海涅一生都充斥着悲伤的恋情。

“像是死刑执行者的女儿约瑟芬。

“叔叔的长女，傲慢又美丽的安玛莉。

“还有安玛莉的妹妹泰瑞莎。

“海涅在巴黎认识的鞋店店员玛蒂尔德虽然当了他的妻子，但是跟毫无学识又奢侈浪费的她一同生活仍是无止境的苦难。

“然后是在海涅人生中最后八个月，照顾着卧病在床的他的神秘女子卡米拉。

“他的每一段恋情都说不上幸福，也全都没有成功。嫁给海涅的玛蒂尔德也没有成为他的心灵寄托。不过，海涅直到死为止都在恋爱，他就是用这样的心情写出甜蜜美丽的诗句。”

怎么回事？到底发生什么事？

天野学姐的黑眼珠像是沐浴在光芒之中闪闪发亮。

“啊啊，海涅的诗就像盖满水果干烤出来、风味成熟的蛋糕啊！葡萄干、腌橘皮、无花果干、核桃、樱桃、梅干！浓缩的香甜滋味浸透在质朴的面团里，会让舌尖受到意想不到的冲击呢。就算只是一小片，也能让人填饱肚子，而且浸透了水果干的洋酒还会让人身心都变得暖烘烘。

“《罗蕾莱》(Die Lore-Ley) 和《暮时微光》都很罗曼蒂克，非常精彩，不过《乘着歌声的翅膀》(On Wings of Song) 更是要首先推荐的杰作！音乐家门德尔松还曾帮这首诗谱过曲喔！”

她在一脸呆滞的我面前心神向往地念起诗。

乘着歌声的翅膀，
一起走吧，亲爱的，
在恒河的草原上，
有我们休憩的地方。

紫罗兰相视微笑，
畅语着闪耀星辰；
玫瑰花相对脉脉，
悄谈着浓情蜜意。

喂，等一下。

这里不是学校的走廊吗？我在不知不觉间到了有吟游诗人的异世界吗？

井上在朗诵诗句的天野学姐身边，像是觉得很羞耻地用手遮住脸。

“怎样，很棒吧？此外还有《告白》！我要特别推荐这首诗给你！

现在，我要以强而有力的手
拔下挪威森林中最高的枞树，
插入埃特纳山沸腾的火山口，
用这蘸着烈火的巨笔，
在黑暗的天幕写上燃烧的大字：
阿格涅丝，我爱你！

啊啊，如果听到这么热情的告白，任何女孩都会被感动的！”

是这样吗？如果我是女生，突然有人跟我说什么挪威或是巨笔，我一定会吓跑吧。

天野学姐啪嚓睁开闭起的眼睛，以柔软白皙的小手握紧我的手，一脸欣喜地抬头看着我。

“海涅不会写些艰涩的词汇，而是用任何人都能看懂的简单用词来描写恋爱的心情。所以他经历过多次失恋而写的这些诗，会让为爱情烦恼的青少年很有同感。说起来，海涅就像是所有恋爱之人的朋友啊！”

好比说荒木丰久的《四季之歌》也有提过：“喜爱秋天的人，是心灵深沉的人，如同畅谈爱情的海涅，是我的朋友。”

反町同学，海涅是你的朋友喔！”

“我才不要这种一直在失恋的诗人当朋友咧！”

我想把这本被硬塞过来的书丢回去，但是天野学姐露出更灿烂——让人几乎看呆的温柔动人微笑。

“首先，你要把这本诗集从头到尾用心读过，仔细倾听海涅说的话。海涅一定能带给你力量喔。”

她自作主张地说着。

“那就再会了，反町同学！需要人帮忙的时候，随时都可以使唤心叶。当然，我这‘文学少女’也会在一旁守护你的恋情。等到恋情完美地实现之后，不要忘记写一篇报告给我当谢礼喔！”

她像蝴蝶一样翩翩挥舞着白皙的手臂，然后就离开了。

报告？什么跟什么啊！

而且这个人原来是这种个性啊？

谁说她是个漂亮温柔又娴静的姐姐啊！

这是哪门子的娴静姐姐！

“喂，井上！你们社团的社长很怪耶！”

井上听到我这样大喊，便垂下目光、垮着肩膀，一脸郁闷地说：“嗯，我从一年多以前就非——常了解这点。所以很抱歉，我是阻止不了远子学姐的，你也乖乖认命吧。”

就是因为这样，我只好带着被迫接受的“朋友”一起回家。

读书只要在写暑假读书心得的时候读就好啦，真是麻烦死了！

更何况，堂堂男子汉怎么能娘娘腔地读什么诗歌啊！说是诗歌，也不是歌词，而是诗词耶。哇——我的背都发痒了！

我从书包里拿出诗集，丢在床上。但是我在洗完澡后不经意地望去时……

“既然她都专程来推荐，我完全不看好像有点说不过去。”

我就试着翻翻看了。

反正当成是在看 CD 的歌词本，随便扫过去就好。

唔唔……咦？什么嘛，读起来比我想象的更简单。

对了，天野学姐好像也有提到“任何人都能看懂的用词”什么的。

还有什么成熟的水果蛋糕，什么质朴跟浸透的……唔唔……

经过三十分钟。

“……这首《初恋的人》好像挺对我的胃口嘛。”

经过四十分钟。

“哇，太、太可爱了吧，这首《玫瑰、百合、鸽子》……”

经过一小时。

“《爱的问候》……我能理解这种心情啊！‘见到你的时候，就是触动我心灵的时候，这就是真正的恋爱吗？’有够赞的！”

经过两小时。

“哇啊啊啊啊！海涅！‘我是不幸的亚特拉斯’，这样啊，你是亚特拉斯啊。原来如此、原来如此，你还真辛苦呢，海涅！这种心情我非常了解，单恋真的很痛苦吧！‘好想流泪’，呜……让我来帮你哭吧……”

当我读完最后一页，已经是深夜。

我阖起书本，带着沾湿脸颊的热泪和颤动胸口的感动喃喃说着：“海涅，你是我的朋友。”

真不可思议，我跟海涅建立友情以后，连围绕在身边的景色看起来都不一样。

看到树木在冬天的风中摇动，我会觉得心里隐隐作痛；看到路边的杂草强韧地生长，甚至会眼眶发热。

心灵的深度增加了——大概就是这么回事吧？

昨天以前的我和今后的我可说是判若两人。

我在下课时间也会想起海涅的诗集，并且和心中的朋友对话。

夕暮开始迫近，
波涛渐愈汹涌。
我坐在海滨，
望着白浪曼舞，
心中也像海一样翻腾，
涌起哀凄的乡愁。

喔喔，亲爱的人儿啊，
你的身影随时随地出现，

无论在何处都呼唤着我。

随时随地，无论在何处。

在风的呢喃中，在海的呼啸中，

也在我心深处的叹息中。

唉……《告白》真是首好诗。

“反町，你在叹什么气啊？你不吃饭吗？”

“我心里已经饱饱的了。”

“你今天很怪耶，而且眼睛总是湿湿的，难道是得了非当季的花粉症？还是感冒？”

“是啊……这是医生都治不好的心病。”

同学不解地歪着脑袋走开了。

唉……只有海涅能够了解我的心情。

“那个，反町同学……”

我看着窗外陷入低迷气氛时，井上有点犹豫地走过来。

“你最好别太在意远子学姐昨天说的话，她平时就是那个样子。”

“不会啦，我还想请你帮忙传话给天野学姐，说我很感谢她介绍朋友给我。”

“反町同学……”

井上睁大了眼睛。

对了，这家伙好像跟芥川交情不错，他们就像优等生一样经常在下课时间互相比对作业答案。我甚至听过“芥川没有绯闻是因为跟井上在一起”这种白痴谣言。

“喂，井上，芥川有女朋友吗？”

“怎、怎么突然这样问？”

“这对我来说是很重要的问题。”

“唔……我是没有明确地问过他啦，不过他好像有喜欢的人。”

“是谁？难道是我们班上的人？”

“应该不是。他之前说过跟对方不常见面，所以我想大概是其他学校的人吧。”

“这样啊……”

虽说芥川和森交往的几率连百分之零点一都不到，不过听到芥川喜欢的是校外人士，我还是觉得心情好一点。

“我真心期盼芥川可以早日交到女朋友。”

“反町同学，为什么你这么在意芥川交不交女朋友呢？”

“这是恋爱中的人才会了解的秘密。”

“反町同学，你好像转性了耶。”

井上也带着困惑的表情离开，我继续和心中的海涅聊了起来。

啊啊，我该怎么向森表达这悲伤的思慕呢。

你的蓝眼睛，
若是柔情地望着我，
我就心荡神驰，
说不出一句话。

你的蓝眼睛，
我在何处都会想起，
如湛蓝的大海，
冲刷着我的心。

“我懂啊，海涅。”

我满怀感触地叹气。这时，森一脸难过地走过来。

“反町，你来一下。”

为什么？为什么森会失落地垮着肩膀？

发生什么事，森？

难道她向芥川告白却被甩了？太好啦！如果是这样，我要拿出男子气概好好地安慰她……

我满脑子想着这些事，一边跟在森的后面。

森走到很少人经过的走廊一角后突然站定，用含泪的眼睛仰望着我。

看到那伤心脆弱的表情，我仿佛心脏被捏紧一样，也觉得好难过。

“反町……我实在忍不下去了……”

什、什么意思？

“我一看到你……就觉得好心痛……好悲伤……”

这、这是爱的告白吗？是这样吗？森！

我正想说“我也喜欢你”的时候，森却伸出双手轻轻搭在我的肩膀上。

“你的表情和态度都好阴沉，还一直看着窗外自言自语，连便当都吃不下去，原来你对七濑是这么深情，这么难以忘怀。”

“啊？”

我呆呆地张着嘴，睁大眼睛。

森像是强忍着泪水低下头去，然后用力摇头。

“我已经完全明白你的心情了。”

不，你根本一点都不懂啊。

“你真的非常非常喜欢七濑吧。”

才不是！我喜欢的是你啦！

“虽然我之前说没办法帮你，但是再这样下去你实在太可怜了。你一直没办法忘记七濑吧？”

我就说了跟琴吹无关啊！

森泪眼蒙眬地看着我，仿佛要帮我打气似的笑了笑。

我突然觉得这个表情可爱到犯规，所以什么话都说不出来。

“我决定了，我要帮你的忙。”

“帮……帮我的忙？”

森误以为我喜欢琴吹，还说要帮我的忙，也就是说……

“七濑还是单身，又还不是……的女朋友，以后会发生什么事也没人知道啊！说不定七濑哪天真的会喜欢上你。嗯，为了让你和七濑顺利发展，我会尽力帮忙！一切就交给我吧！”

“喂！”

“所以，反町，你一定要打起精神喔。好啦，这个给你。”

森从口袋拿出小包装的饼干放在我手中。

“就这么说定了，晚点见啦。”

“等、等一下，我叫你等一下啦，森红……”

我想叫住转身跑走的森，不禁脱口喊出她的名字，但她立刻鼓起脸颊，目露凶光地转过头。

“不准叫我的名字！”

“呃……抱歉。”

我害怕地道歉，她又笑着说“那就再见啦”，然后带着笑容离开。

森消失在转角之后，我虚脱地跪倒在地。

为什么？为什么她有办法误会得那么彻底啊？

我不记得自己哪时说过喜欢琴吹啊！

森的确是个好女孩。

她待人亲切又公正，很会照顾别人，会为别人的事情全力以赴。我很喜欢这样的森，对她这种个性倾倒不已。

但是，森或许是个少根筋又经常会错意的冒失鬼吧？

总之不快点澄清误会就糟了，事情说不定会变得更复杂。

我回到教室，在上课时也一直想着要把我的心情清楚传达给森。

现在不是该退缩或害羞的时候。

如果现在不快解决，我会落得被喜欢的女生推给其他女生的下场。

好！放学后找森一起回家吧，我要趁那时候告白！

你看着吧，海涅！我要出动了！

打扫完毕后到了放学时间，我鼓起全身的力量走向森。

“森，我有话要跟你说，一起……”

“啊，反町，一起回去吧。”

没想到森主动邀我了。

“呃……喔。”

我紧张地回答，然后跟她一起走。

森笑嘻嘻地聊起今天数学课时老师讲错话的趣事这类话题。

我们下了楼梯，正要走向鞋柜时……

“啊，先等一下，我跟人还有约。”

森一边说着，便往图书馆走去。

咦？跟人有约？

“久等啦，七濑！”

“呃！”

在图书馆收拾东西等着的人就是琴吹七濑。

我睁大眼睛，她也吃惊地吸一口气，然后心怀戒备地板起脸孔。

“今天轮到七濑打扫图书馆，所以我们约好要一起回家。七濑，我碰巧遇见反町，我们三个人一起走吧。”

“……”

琴吹依然露出戒备的眼神。

“小森，我……”

“好啦好啦，走吧。”

森拉着不高兴的琴吹一起走。

“反町，你也快一点啊。”

她开朗地叫着，我也无奈地跟着走。

可是，真不愉快。

在走向校门的途中，琴吹一直噘着嘴，一句话都没说。我也只是“嗯嗯”“喔喔”地响应森的话题。走在中间的森，还是一个人开心地讲个不停。

我们花了多少时间才走出校门呢？

因为气氛太凝重，我觉得一百公尺远得像一千公尺，甚至是一万公尺。这时森很刻意地大叫："糟糕，我有东西忘记拿了！我要回学校一趟，反町、七濑，你们先走吧！"

"喂，森！"

"！"

森丢下了大叫的我和瞪大眼睛的琴吹，一下子就跑得不见人影。

啊啊啊啊啊啊，她真的做了！做得太明显了吧！接下来我该怎么办啊？

"真……真是拿森这家伙没办法。"

"……"

"要走了吗？"

"……"

我超不爽地跨出脚步。

冬天的寒风刮得我皮肤刺痛，好、好冷啊。

"总觉得空气很干燥呢。"

"……"

"太阳下山的时间也变早了。"

"……"

喂，我都这么努力找话说了，你好歹也回个几句啊，琴吹七濑。

她撅着嘴，一脸不悦地转开视线，感觉有够差。

虽然我承认她很漂亮，不过那挑起的眉毛和冷淡的眼神真让人火大。

难道这家伙以为是我拜托森设法让我们独处吗？或是觉得我对她有意思？所以她才会露出这么明显的厌恶态度……

我的脸因屈辱而发热。

别开玩笑了！我才不会喜欢你这种个性恶劣的女生咧！

"真是的，森到底在搞什么啊！"

我又急又怒，口气不自觉地粗鲁起来。

"那家伙看起来很精明，其实根本少根筋。别人又没拜托她，还自己在那里一头热。啰里啰嗦，又不仔细听别人说话，动不动就会错意，又是个冒失鬼……"

啊啊，混账，我为什么会喜欢上这种人啊？

我正在生自己的气，一直保持沉默的琴吹突然打断我的话。

"……不要说小森的坏话。"

我惊讶地回头，琴吹还是一样噘着嘴看向旁边。

"……小森对人很亲切……也一直很努力让大家开心……她是很善良的。"

琴吹的口气很冷淡。

不知是不是因为害羞，她的脸颊有一点红，眼睛也没有看我。

可是，琴吹庇护森的态度已经表现得相当明显，令我不禁愕然。

难道说，我从前都误会了琴吹？

我一直以为她是个目中无人又讨厌男生的女生，不过，这一切说不定都是我自己想象出来的。

"抱歉……"

我低头道歉，琴吹还是板着脸，害羞似的低下头。

"你跟森的感情真好。"

"……因为小森跟谁都处得很好。"

"因为森是个好家伙吧。"

“……嗯。”

这时琴吹的嘴边稍微露出一丝微笑。她孤傲的表情顿时放松，还散发出很有女人味的可爱气质。哇！这个表情还挺动人的耶。

“琴吹，森有兄弟姐妹吗？”

“……有弟弟和妹妹。”

“她是长女啊？的确很像。她弟弟妹妹的名字也是那一类的吗？”

“她的弟弟好像也是……妹妹的名字……算是普通。好像还是因为小森哭着劝止父母。”

“哈哈，那家伙一讲到名字就害怕吧。对了，你跟森平时都去哪玩啊？”

我就像这样不停打听森的事情，琴吹虽然态度冷淡，却很用心地一一回答。

当天空变成暗红色时，我们来到分手的岔路。

“谢谢你告诉我这么多森的事情。”

“……没什么。”

我已经不再讨厌她那种转开视线、喃喃回答的态度，反而还对她不擅交际的个性很有好感。

我真庆幸琴吹是森的朋友。

“琴吹。”

我伸出右手，琴吹露出惊讶的表情。

“跟我握个手吧。”

“呃？为什么？”

“当做是个开始。”

“?”

琴吹一脸困惑，战战兢兢地伸手握住我的手，我也轻轻握了她冷冷的小手。

虽然森认为我喜欢琴吹是一场彻头彻尾的误会，不过我好像对琴吹改观了，甚至很庆幸今天能跟她一起走。

我很快就把手放开，对她点头。

“谢谢。”

然后我抬起头，神清气爽地笑了。

“拜拜。”

琴吹睁大眼睛，红着脸目送我离开。

突然间，一个哽咽的声音传来，我惊讶地转头看着发出声音的方向。

躲在围墙后面颤抖着肩膀啜泣的人，竟然是森！

“森，你……你是什么时候来的啊?”

“呜……我一直跟在后面。”

“什么！是说你干吗哭啊?”

她皱着脸庞，泪水掉个不停，哽着声音对惊慌的我说：“因、因为，因为……我看到你跟七濑并肩走着……就觉得胸口好闷好难受……你一直在笑……跟七濑说话时，还露出好悲伤的眼神笑着……然后你们握手时……你还是在笑……其实你很想哭，只是一直忍着吧……因为你不能哭……所以我看得都想哭啦！”

她一边说，一边流出映上夕阳色彩的大滴眼泪。

啊啊，真是的！为什么你这么容易会错意啊？森！

我又急又气，又觉得心好痛，结果不小心脱口说出一直说不出来的话。

“我喜欢的不是琴吹啦！”

“啊？”

“我喜欢的是你，森！”

一边吸鼻涕，一边不停用手擦脸的森，眼珠瞪得都快要凸出来了。

“反町……你在说什么啊？”

“我说，我从一开始喜欢的就是你啦！”

啊，我竟然说出来了。糟糕，脸开始发烫。

“你、你在说谎吧！因为你一直那么悲伤地看着七濑……”

“那也是你误会啦！”

森退后几步，嘴巴一张一合的。

“那你为什么要跟她握手？”

“该怎么说咧……因为气氛吧。”

“这是什么意思？”

“只是想到就做啊！”

“这种说法太下流了吧。”

“故意让我跟琴吹独处的人，有什么资格这样说啊？总之，我对琴吹一点意思都没有！我对那种冷淡的女生本来就没兴趣！我对你……”

“哇啊啊啊啊啊啊啊啊啊啊！等一下！”

森又后退好几步，一边慌张地大喊。

“怎么会……那我到底是为了什么……那样拼命地……讨厌啦，为什么？结果竟然是这样……”

她背对着夕阳不停不停不停不停地后退，嘴里反复说着“可是、可是……”。

最后她尖声叫了一句：“抱歉！明天见！”就转身朝着夕阳跑去，跑到裙子都飘起来了。

太过分！森这家伙竟然逃跑了！

也就是说，我被拒绝了吗？

怎么办？我该追上去吗？还是该乖乖放手？

怎么办？怎么办啦？海涅！

我天人交战了几秒钟，这时我的脑海里就像火山爆发一样，浮现了海涅那首《告白》火红燃烧的词句，让我当场决定要追上去。

海涅！让我来继承你的遗志吧！

你经历过那么多次失恋，为日后的我们留下那些词句和思想，我绝对不会让你白费苦心！

我要让蘸过火山口的巨笔写出的不灭火焰文字，在夜空里大放光芒！

“等一下啊啊啊！森！等一下！就叫你等一下啦！给我站住！森！森！”

森的身体前倾到几乎跌倒，迎着风尽力奔跑。

我放声喊出了那个禁忌的名字。

“停下来啊！森红乐乐！”①

森大叫着“不要啊啊啊啊啊啊啊啊啊啊啊啊”，同时捂着

---

① 发音是“Kurara”。

耳朵蹲下。

“别动！红乐乐！红乐乐！红乐乐！红乐乐！红乐乐！红乐乐！红乐乐啊啊啊啊啊！”

我边跑边叫的时候，森一直不停甩着头大喊“住口！住口！快住口啊”，并缩在地上。

“反町，你太过分了，我都说了不可以叫我的名字啊！”

她蹲在路中央，以含泪的眼睛气愤地看着我。

“因为你想逃啊，红乐乐。”

“啊啊啊啊啊！你又叫了！讨厌！别再叫了！”

“虽然你觉得讨厌，但我就是喜欢，红乐乐！我喜欢你，喜欢你，红乐乐，红乐乐，红乐乐！”

“快住口啊啊啊啊啊！你再叫我的名字，我会丢脸到想死啦！爸爸妈妈干吗帮我取这种名字啊？我又不是《海蒂》里面那个坐轮椅的千金小姐克拉拉，我在阿尔卑斯山上也没有朋友啊！而、而且汉字更糟糕，又是红色又是快快乐乐的……简直像暴走族的团名嘛！所以我绝对不要用会上电视的方法死掉！我一定要远离犯罪，一生清清白白地活下去啊！”

我在理智断线不停大喊的森面前蹲下。

我把脸靠过去，她顿时噤声，吃惊地睁大眼睛。

“抱歉……你可以叫我海蒂，我会奉陪的。”

“海、海蒂是女生的名字耶。”

“那要叫我彼得还是塞巴斯汀都行，随你高兴吧。”

“这些又不是你的名字。”

“那就叫我亮太吧，虽然这只是个普通的名字。”

“就算我这样叫你，你也完全不会害羞，这样不公平啦！”

“哪有啊，被喜欢的女生这样叫当然会害羞，也很高兴就是了。”

“呜……可、可是……可是……对了！我已经有喜欢的人！”

“……你根本是现在才想到的吧？”

“呃！”

看来是被我说中了。她答不出话，有些迷惘又像是害怕地瞥着我。这脆弱的表情让我激动了起来。

如果她真的对我没兴趣，应该早就跑走了。但她用这么楚楚可怜的眼神看着我，会不会是代表我多少有一点希望呢……

我刚刚说的话，是不是让森的心情开始动摇了呢？

不安和期待交织着上涌，让我觉得呼吸困难。

“我一定比芥川更适合你啦。你老是只顾着关心别人，所以如果我当了你的男朋友，就可以好好照顾你。身边还是有个人来照顾自己比较好吧？所以别再想芥川了，跟我在一起吧。”

森还是一脸迷惘地看着我。

“你、你快说些什么啦……再这样卖关子，我会紧张得胃穿孔！”

我垂着头、垮着肩膀哀求，森终于战战兢兢地开口。

“那个……我啊……虽然只是单恋，可是喜欢芥川真的很愉快。可以跟大家兴奋地谈芥川的话题，或是在体育课和运动会上一起帮芥川加油，这些事……都很快乐。”

唉，芥川还是比我好吗？我还是没希望吗？

“可、可是……当我以为你喜欢七濑的时候，我光是看着你的脸就觉得好难过，还忍不住哭了……

“我怎样都没办法把你赶出我的心里，满脑子想的都是你的事。

“你跟七濑走在一起的时候也是……我觉得好伤心。我还想过，如果你跟七濑真的在一起，我大概会有些寂寞吧……”

我猛然抬起头，看到森像是要溶化在夕阳里似的，变得满脸通红。

胸中的鼓动像钟声一样嘹亮地响起。

森有点害羞地凝视着惊讶的我的眼睛，轻轻笑着说：“反町……我以后可以直接叫你的名字吗？”

要说后来的发展嘛，我们在教室里还是跟以前一样，叫对方“森”和“反町”。

但是……

“喂，红乐乐。”

“啊！笨蛋亮太！不要叫我的名字啦！”

“不是都说好了，只有我们两人的时候就没关系吗？”

“不要在路上叫啦。”

“红乐乐，红乐乐，红乐乐！”

“啊啊啊！住嘴，住嘴！”

我会在放学回家的路上叫她的名字。她又是害羞又是生气，有时捶我的胸口，有时拉我的耳朵。

附带一提，还有一件事我后来才知道。那就是我前阵子第一次去她家里玩的时候，在她的书柜上看到海涅的诗集。

“我也有这本书耶。”

“咦，真的吗？这本诗集是文艺社的天野学姐给我的。你知道吧，就是井上的社团学姐，绑着辫子的那个。她说着‘我很推荐这本书，请你读读看’就硬塞给我。虽然我有点吓到，不过读了以后却很感动，反而迷上了。而且读过这本诗集之后，再看到你悲伤的表情，好像觉得更难过……这是为什么呢？”

她把诗集抱在胸前，感触良多地说着，然后看看我，害羞地嘿嘿笑。

“文学少女”，真有你的……

我想起天野远子学姐开朗的笑容和清澈的黑眼睛，忍不住这样感叹。

对了，她之前是不是叫我写报告给她当谢礼啊？

不过，我想我只会在报告里满满地写着同一句话。

那是比玫瑰、百合、鸽子、太阳都更美丽、更可爱、更幸福、更让人兴奋快乐的一句话，一个名字。

“红乐乐！”

“不行啦！”

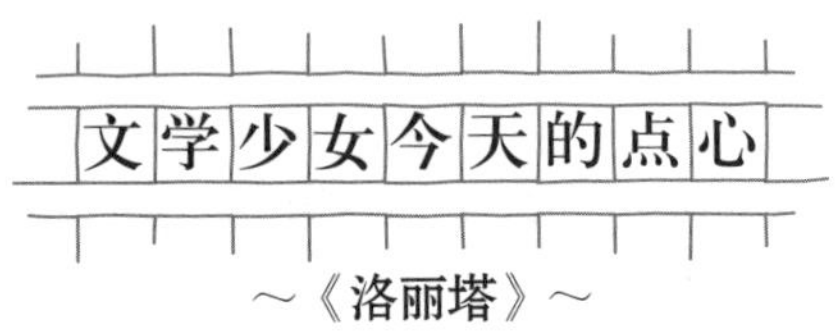

～《洛丽塔》～

"井上，你是不是萝莉控啊？"

在秋季的某一天，我刚把下一堂课要用的课本放在桌上，班上的森同学突然犹豫不决地问我。

"森同学，你在说什么啊？"

我愣在座位上，眼睛圆睁。

"因为我听到了小道消息。"

"啊？"

到底是谁？是谁在乱放话说我是萝莉控？

"不是吗？"

她似乎很担心，战战兢兢地问道。

"当然不是啊！"

"可是，井上，你喜欢小女孩吧？"

"你到底为什么会这样问？"

"就是……小道消息嘛……"

"怎样的小道消息？"

"听说井上表面上看起来很正经，其实是个萝莉控，只对胸部扁平的小学女生有兴趣，不只在房间里贴小女孩的大头贴，还会跟它说话……"

这惊世骇俗的流言让我听得冷汗直流。

什么大头贴啦、小学生啦、胸部扁平啦，为什么好端端的会冒出这种谣言？

说到小学生，那不是跟我妹妹同年龄吗？我怎么可能把那种幼小稚嫩的女孩当做恋爱对象啊？

“那是骗人的！绝对没有这回事！”

“是、是这样吗……”

森同学偷瞄我手边的铅笔盒，一边赔着笑脸说：“可是，井上，因为你好像对女生完全没兴趣，所以我们才会忍不住担心，想说你是不是有那种兴趣……之前经常来教室找你的低年级女生也很像幼女嘛。如果井上是萝莉控的话，怎么努力都没希望了，所以我才会帮七濑……”

“帮琴吹同学做什么？”

“没有，什么都没有！”

森同学慌乱地抬起头，猛摇着手，然后又瞄了铅笔盒一眼。

“井上，你真不是萝莉控吧？你会喜欢同年级的女生吧？如果你打算承认你是萝莉控的话，可以早点悄悄地告诉我吗？这样我就可以婉转地传达，尽可能避免震撼。”

“要传达给谁啊？”

“会因为你是萝莉控而觉得头痛的人。”

“为什么会头痛？而且真的没有这回事啊。”

“嗯，我就姑且相信你吧。啊，我要去找七濑了。拜拜，井上。”

“啊，森同学……”

森同学慌忙地跑向琴吹同学身边。

“我回来啦！七濑。你做完古文作业了吗？借我看——”

她笑容满面地说着。

琴吹同学好像发现我在看她，噘起嘴瞪着我。

我连忙对她挤出笑容。结果琴吹同学立刻红了脸，僵硬地把头转开。

唉，她好像还是很讨厌我。

琴吹同学也听说了我是萝莉控的传闻吗？

最近她看我的眼神越来越冷淡，态度也变得更尴尬，都是因为这个理由吗？

说起来，琴吹同学在昨天的打扫时间也走到我旁边，一副欲言又止的样子。

“怎么了？”

那时我试着问她。

“没、没什么。”

然后她就转过身，快步走开了。

琴吹同学大概也把我当成萝莉控了。

我正觉得奇怪，又有其他同学走过来。

“喂，井上，这个给你。”

他突然拿一张印着卡通女孩画像的彩色垫板给我，围到我身边的则是平时很少交谈的动画同好会的成员。

“‘皇家蜡笔小学’真赞耶！要说第一名果然还是如月柠檬美眉啊！”

“就是啊！金发双马尾好萌啊！”

“傲娇幼女也好萌！”

“……啊？”

什么柠檬美眉的，是指这个穿迷你裙、绑着两根马尾、横眉竖目的女孩吗？

她看起来顶多才小学一二年级吧……

而且蜡笔小学到底是什么东西？

“谢谢你，山本同学。可是为什么要送垫板给我？”

“当然是同志的信物。”

“同、同志？”

“如果你比较喜欢草莓美眉，我会再带来。其他还有葡萄美眉、苹果美眉和芒果美眉，你不用跟我客气喔，井上同志。”

“呃，这个……”

然后莫名其妙的对话依然延续下去，女生们都一脸嫌恶地看着我们。

“井上果然是……”

“看来传闻都是真的耶。”

正当我觉得非常不悦的时候，芥川刚好叫了我。

“井上，可以来一下吗？”

“嗯。啊，不好意思，芥川在叫我了。”

我怀着得救的心情走向芥川时……

“不用在意，井上，每个人都有自己的兴趣嘛。”

他还一脸认真地鼓励我。

我到底是何时变成萝莉控啊？

我根本不想引人注目，只想低调地过完高中生活。

我最近应该没做什么奇怪的事吧？

难道是我在不知不觉间做了容易惹人误会的行为吗？

我只记得我上礼拜跟参加摄影社的同学买了远子学姐的泳装照。

那是在第一学期的游泳课偷拍到的照片。她那足以媲美小学生的扁平胸部如果再让更多人看到实在太可怜了，而且我也觉得或许有一天能派上用场，所以把一套五张都买下来了。

摄影社的板垣同学明明斩钉截铁地说过不会泄漏客户身份……

不过，无论远子学姐的胸部再怎么平坦，光是这样就把我当做萝莉控，那也太夸张了吧？

我怀着忧郁的心情直到放学时间。

一去到文艺社，就看见远子学姐屈膝坐在铁管椅上看书。

“你好，心叶。”

她像平时一样对着我微笑，但那张笑脸显得有些僵硬。

“今天的第五堂课是体育课，所以肚子很快就饿了。快点！快帮我写些什么！”

“好好好，题目呢？”

我把一本五十张的稿纸和铅笔盒放在表面斑驳的老旧木桌上。

远子学姐像小鸟一样歪着头思考。

“嗯……对了，就来个符合秋天气氛的‘体重计’‘锥子’‘七叶树’吧。限时五十分钟，预备，开始！”

锥子哪里符合秋天气氛……算了，今天帮她写一篇久违的甜美故事吧。

我打开银色的铅笔盒，拿起HB自动铅笔，开始在稿纸上写字。

远子学姐在这段期间一直坐在铁管椅上，翻着放在腿上的书。

她柔和的眼神扫过文字，然后撕下一小片书页，再放进嘴里沙沙咀嚼，一脸幸福地吞下。

然后，她以澄澈的声音开始说："弗拉基米尔·纳博科夫（Vladimir Nabokov）的《洛丽塔》(Lolita)，吃起来就像戈尔根朱勒干酪做的意大利炖饭呢。"

我的手顿时一滑，差点弄掉自动铅笔。

她说洛丽塔？这时机也太巧合了吧？还是说，她根本是故意的……

我偷偷地朝远子学姐瞥了一眼，看到她笑眯眯地把撕碎的书页送入口中。那是一副无忧无虑的幸福表情。

"作者纳博科夫在一八九九年出生于俄罗斯圣彼得堡，父亲是政治家，可说是贵族家世。但是在二月革命爆发以后，他们便举家流亡到欧洲。

"纳博科夫一开始是以俄文写小说，一九四〇年赴美之后，才改以英文创作。

"他的代表作《洛丽塔》原本是以《海滨王国》(Kingdom by the Sea）这标题写成的。但是他怎么写都不满意，因此绝望地停笔，还想要烧掉原稿，是因为妻子阻止，才又一点一点地继续写下去。

"最后，他总算在一九五三年十二月完成《洛丽塔》。

"不过后续发展还是不顺利，他迟迟找不到愿意出书的出版社，就这样拖了一年以上。直到一九五五年九月，《洛丽塔》终于经由以发行色情小说闻名的巴黎奥林匹亚出版社出版，所以一开始也有人以为这部作品是色情小说。后来在英国小说家格雷安·葛林（Graham Greene）的大力赞赏之下受到注目，到了一九五八年又在美国出版，这才成为畅销书。”

远子学姐以纤细的手指撕碎书页放进口中，眯着眼睛品尝，喉咙发出可爱的咕噜声吞下，接着又生气蓬勃地继续说道。

“嗯！蓝霉起司的刺鼻味道和白酒的香味都好浓厚啊！不过融化在口中的感觉好滑腻，还能尝到牛奶的风味，这是双重的味觉享受呢！

“这篇故事是中年男子亨伯特的自叙，他为这个故事订的标题是‘洛丽塔，或是一个白人鳏夫的自白’，文中详细叙述他成长阶段中接触过的女性，以及他遇到了真命天女洛丽塔的喜悦、痛苦和疯狂。

“亨伯特出生在欧洲富裕的家庭，受过良好教养，他心中一直记挂着死去的初恋女孩的面容。

“由于这个缘故，他只对这种年纪的女孩感兴趣。他还将九岁到十四岁，具有妖精般耀眼光芒和魔性的奇特少女称为‘小妖精’（nymphet），对她们迷恋不已。

“在这个男子面前，出现了一个寡妇和她的女儿——十二岁的桃乐莉·海兹。

“他认定桃乐莉是最理想的小妖精，还昵称她为‘洛丽塔’或是‘洛’，渐渐被她妖邪的魅力深深吸引。为了跟她在一起，他还跟这位寡妇再婚，成了洛丽塔的继父。”

远子学姐吃《洛丽塔》应该只是巧合吧？

她这些话应该不是故意讲给我听，只是跟平时一样地发表评论吧？

我虽然这么想，越来越惊悚的剧情还是让我直冒冷汗。

“那位寡妇知道亨伯特真正的用意之后，激动得破口大骂，还打算离开，却立刻被车撞死了。

“亨伯特对洛丽塔隐瞒这件事，只骗她说母亲因为小病而进了医院，便带她出门旅行。然后，他终于跨过最后的界线！

“亨伯特一直说自己是会让任何女性迷恋，俊美出众的男性。像是‘像凯尔特人那样拥有原始的魅力，同时具有少年般的男性美’，或是‘隐含忧郁气质的端丽美貌’之类，此外还有很多——他竭尽所能地自吹自擂。

“所以，他的魅力在一开始对洛丽塔还算管用。

“不过，稚嫩善变的现代女孩洛丽塔渐渐脱离了亨伯特的掌控，她把亨伯特耍得团团转，让他尝尽嫉妒不安的痛苦滋味以后，便从他的身边溜走。

“亨伯特花了三年时间在国内拼命寻找，好不容易才找到洛丽塔，但是她已经跟年轻男人结婚，甚至挺着大肚子。陷入疯狂的亨伯特还去找当初害洛丽塔失踪的男人，把他杀死了！”

远子学姐一边吃得稀哩呼噜，一边更加热切地说下去。

“作者纳博科夫被誉为文字的魔术师，这个故事里也随处可见崭新的比喻和独特的文字游戏。

“每个字都有特殊风味，好吃极了！读得越多越能感到戈尔根朱勒干酪的独特香气在口中扩散，煮到弹牙的米饭咀嚼起来的口感也会让人无法自拔。

“读到最后一页之后，要再回头从第一页开始读喔，这部作品最美味的地方就在这里！不过，这可是第一次读时不会注意到的呢。”

远子学姐突然“啪”一声阖起书本，往我探出上身。

怎、怎么了？

我吃惊地抬头，发现她生气似的皱着眉头，表情非常认真地说：“这个故事乍看之下是在说中年男子亨伯特因洛丽塔而走向毁灭，但是我觉得，这应该是一位很普通的时下女孩洛丽塔不幸遇上拥有异常癖好的亨伯特，然后被他盯上，遭到设计落入他的魔掌，被束缚到几乎窒息，因而渐渐走向毁灭的故事吧。”

“呃……喔。”

我还剩最后一个字没写，自动铅笔停了下来，不明就里地点头，然后远子学姐的身体更向前倾，还鼓起脸颊。

“亨伯特在碍事的母亲死掉以后，立刻把洛丽塔据为己有。

“但是，这种行为太自私了吧？

“就文学上来看是很美味，不过我实在不能苟同。如果真心喜欢，应该要考虑对方的心情才对啊！

“染指十二岁的少女会对她的精神和日后的生活造成多大的影响，他应该要冷静一下，仔细地想清楚才对！

“可是他在遇见洛丽塔的瞬间就冒出满脑子的色情幻想，得到她之后，还打算等到洛丽塔长大不再是小妖精后，要再生个女儿好好疼爱，这实在太过分了！随便哪个十二岁上下的女孩都可以吗？这种情况根本称不上是爱嘛！太淫秽了！这是错误的！被这下半身失控的男人搞砸人生的洛丽塔实在太可怜！”

“下……下半身……这个……”

这是怎么回事？她会这么慷慨激昂地批评书中人物还真是稀

奇。在我的印象里，这还是第一次。

远子学姐对着迷惘的我果断地说："喜欢小女孩是个人癖好，这也是没办法的。不过，心叶，你绝对不能像享伯特那样放纵欲望喔！如果怎样都抑制不了冲动，就先来找我这个文学少女商量吧！我会介绍能够洗清邪念的柏拉图式纯爱小说给你！"

"远子学姐，你从刚才就一直在胡说些什么啊？难道连你也以为我是萝莉控吗？"

远子学姐的眼神立刻开始慌乱地游移。

"怎、怎么会呢？我当然相信你。只是……稍微听到一点点诸如此类的风声而已……我当然否认了。我可没说心叶或许会有这种倾向喔。真、真的喔！"

既然如此，为什么她的眼睛不敢看我？

她说了，她绝对这样说了。

毕竟她以前也跟琴吹同学一起说过我的坏话。

我怒气腾腾地在稿纸上写完最后一行，然后丢给远子学姐。

"写好了，请用吧。"

远子学姐大概以为她那么说就足以讨好我，因此露出开怀的笑容。

"谢谢，我要开动了！"

十分钟后……

远子学姐这个叛徒把脸贴在椅背上啜泣。

"太、太恶劣了……正在减肥的女孩每天站上体重计，为此患得患失，这部分明明像暖呼呼的栗子一样可爱，但为什么男朋友会埋伏在种了七叶树的路上用锥子刺她啊……栗子在嘴里爆开啦！这太刺激了，讨厌！”

真是的，远子学姐和班上同学都把我想成什么人啦！

我忿忿不平地回到家，舞花眼睛发亮，啪达啪达地跑了出来。

“欢迎回家！哥哥，跟你说喔，我拍了新的大头贴，也给哥哥一张，来！”

我这小学一年级的妹妹最近迷上大头贴。我看看那只小手拿出来的贴纸，粉红色和水蓝色花朵的框框里面是愉快笑着的舞花。

咦？说到大头贴……

“我再帮哥哥贴到笔记本上吧！”

“笔记本？你贴在我的笔记本上？”

“嗯！”

舞花俏皮地点头。

“铅笔盒也贴了喔。”

“咦咦！”

我慌张地打开书包，拿出数学笔记本，啪沙啪沙地迅速翻页，结果看见到处都贴着舞花摆出姿势拍的大头贴，上面还有粉红色字体写着“舞花美眉”！

我突然想到，之前有人跟我说“作业借看一下”，所以，我把笔记本借给几个人看过……

我又打开铅笔盒，发现那里也贴了一整排舞花的大头贴，害我差点昏倒。

谜底解开了。原来如此，原来是这么回事。

还“美眉”咧！

“嘿嘿，希望下次能跟哥哥一起拍喔！”

舞花天真无邪地笑着说。

唉……女孩子就算年纪再小，也很难搞懂她们在想什么。我忍不住同情起享伯特。

我该怎么向班上同学解开误会呢……

我背着恶作剧的洛丽塔，悄悄地叹了口气。

文学少女和急待亲吻的诗人（拜伦）

我最近交了女朋友。

在十二月，第二学期已所剩不多的某个冬日放学后。我在走廊一角忐忑不安地等待时，有个软绵绵的东西从后面撞上来。

“回家吧！亮太。”

这是我的女朋友。

她的脖子上围着粉橘色围巾，张开嘴轻松地笑着。

她这种大剌剌又开朗的个性非常可爱，明亮的眼睛很少蒙上阴影，经常闪着愉快的光辉。

“喔，要走了吗，森？”

“嗯。”

她老是鼓着脸颊声明“不准叫我的名字”，所以我平时都叫她的姓氏“森”，森在教室里也都叫我“反町”。

我们是同班同学，大家都不知道我们偶尔会像这样相约一起回家。

我们并不觉得公开交往有什么不好，只是觉得在人来人往的教室里只有我们自己知道，有时偷偷地以眼神示意、用手势互打暗号，该怎么说呢……就是挺刺激、挺有趣的啦。

只有我们两人在一起时，她会甜蜜地叫我“亮太”，这样也很不错。

森比起在教室时多了好几倍的女人味，这种起伏变化才是恋爱的重头戏啊。

我今天也品尝着幸福的滋味，在晴朗的冬季天空底下和森并肩走着。森以开朗的表情仰望着我。

“亮太，你在体育课打篮球时表现得很出色耶。”

“喔，我投篮获胜时你也看到啦？”

“嗯嗯，真是太帅了！下半场一开始时还运球过了好几个人，好厉害喔！”

“还好啦，我从初中就开始打篮球了嘛。”

“可是真的很厉害耶！亮太是最抢眼的喔！最后的三分射篮让我好兴奋！”

“哈哈……既然是打篮球，就要尽量拦球嘛。”

我一时嘴快，不小心说了冷笑话。

如果是一般女生应该会呆住，但是森很开心地笑了。

“亮太好搞笑喔！”

她好像真的被逗乐，捧着肚子大笑。

这笑话的水平低到连我自己都羞得耳根通红，几乎想咬舌自尽。会被这种低水平笑话逗乐的女生，包括森在内，全世界大概只有三人吧。

我就是喜欢森这种爽朗的地方。跟森聊天很愉快，而且都不用担心没有话题。

当然，森的魅力不只是这样。

“红乐乐。”

我若无其事地叫她的名字，她就会突然大叫“不要啦”，变得满脸通红。

还会砰砰磅磅地捶我的胸口，含泪气得骂道：“讨厌讨厌，就说不准叫我的名字嘛！竟然光天化日之下在大马路上这样叫我！亮太大笨蛋！”

这样子真是可爱得不得了，所以我又打着拍子不停喊着：“红乐乐、红乐乐、红乐乐！”

“住口，住口，快住口啦！”

森红乐乐这个名字似乎在她心中造成极大的创伤。

“竟然帮女儿取这种名字，真是不敢相信！害我在小学时经常被人嘲笑！我弟弟的名字也很怪耶！”

虽然她嘴上经常挂着对父母的抱怨，不过就我的立场来看，光是叫她的名字都能看到这么可爱的反应，我简直想要感谢她父母为她取了“红乐乐”这个名字。

“亮太大笨蛋！下次你再叫我的名字，我真的要跟你绝交喔！”

“好啦好啦。”

“啊！你的眼睛在笑！”

森用食指戳戳我的眼睛下方。看到她板起脸孔，我又笑了。

“我请你吃匹萨包子，原谅我吧。”

“哇！真的吗？谢谢！”

可以立刻转换心情露出笑容也是森的风格。

“能在冬天开始跟你交往真是太棒了！”

“嗯？因为我要请你吃匹萨包子吗？”

“不是啦！是因为很暖和嘛。”

她勾起我的手臂，天真无邪地把身体贴上来。

哇！这实在是可爱到无法抵挡啊！

我在跟森交往之前，只要看到卿卿我我的情侣，就会默默骂着："大白天在街上表演什么啊！怕冷的话就在肚子上贴暖暖包啊！"不过，现在我觉得自己好像可以容忍世间的一切。

有女朋友真是太美好了！

但是，如果要说我有什么不满，那就是我们已经交往一个月，却还没办法从"牵手"迈向下一个阶段……

"嘿嘿，男生的手臂真的好硬。"

森把脸贴在我的手臂上，开心地笑了。

我感觉今天应该行得通。

"喂，森。"

"嗯？"

森抬头看着我。

很好，就是这个时机！

我把脸贴近森，不过……

"啊，对了！现在有新产品寿喜烧包子耶！"

森突然又把脸转回前方，令我的脖子一歪。

"我还是比较想吃寿喜烧包子！咦？亮太，你怎么啦？脖子痛吗？"

"没有……只是有点扭到。大概是体育课太拼命了，哈哈……"

"真是的，像个老爷爷一样。好了，走吧。寿喜烧包子会是怎样的味道呢？好期待啊！"

雀跃不已的森拉着我走向便利商店。

唉，我什么时候才亲得了她呢……

隔天，我正在教室里叹息，摄影社的板垣悄悄地靠过来。

“反町，我有好东西喔，怎样啊？”

他小声说着，在桌底下拿出几张照片。

哇喔！泳装照耶！

为什么冬天会有泳装照？也就是说，这是夏天游泳课时偷拍的啰？真亏他拍得到这么养眼的照片。这张照片可以清楚看到胸前的乳沟，那张缩着身体害羞地调好滑落的泳装肩带的照片也挺不赖……

“喂，怎么五张都是琴吹七濑啊？”

森的照片连一张都没有。想叫我买的话，就拿森的照片来啊！

“你不是喜欢琴吹吗？”

“才不是咧！”

现在还有人这么想啊？

“哎呀，你再装也没用啦，最近你明明经常对着琴吹眨眼，还伸手跟她打暗号。虽然她完全没把你放在眼里，看得我都想笑……不，我都想哭了。”

哇啊啊啊啊啊！不愧是偷拍狂，观察得真仔细，实在不能小看他。

不过你搞错对象了吧？我是在跟森打暗号，只不过因为琴吹和森是朋友，所以她总是在森的身边。

你这家伙既然这么会观察别人，为什么没有发现森回了我超可爱的暗号啊？

的确啦，琴吹漂亮又傲娇，是班上男生的偶像，不过你也稍微注意一下森嘛！给我看清楚一点！森可不是琴吹的背影啊！

板垣不管我一副难以释怀的模样，亲密地把手搭在我肩上，露出猥琐的表情说："这些照片可是夏天才有的限量发行梦幻系列喔，我可是为了你才特地加洗的。我就特别优待吧，一张卖你五百日元。"

"那五张不就两千五百日元？你坑人啊！而且我真的对琴吹没兴趣，所以不用了。"

"你老实一点嘛，反町！"

"我才想叫你别一脸猥亵地靠过来咧，被男生这样贴着我又不会高兴！"

我把脸转开，板垣回答："这样啊"，然后故意喃喃说着，"也就是说你不希罕我诚挚的友情啰？既然你不买，我只好卖给越野和一濑了，无所谓啦。"

越野？一濑？

不，这样才危险吧！那些家伙可是糟糕至极的色坯耶！如果把这些照片卖给他们，他们一定会用的！一定会用到回本！

琴吹是森的朋友。虽然她态度不好，说话的语气也很冷淡，但她的内在却是出人意料的善良。就算只是照片，我也不能默默看着女朋友的朋友成为那些发情公猴的点心……

“喂，越野，一濑！”

“等、等一下！”

我抓住板垣的肩膀。他回过头来，挂起满面笑容。

“感谢惠顾！”

结果我真的买了……琴吹七濑的限量学校泳装照一套五张。

这东西该怎么处理啊？

啊啊，不过琴吹的身材果真不赖。

胸部够大，腰也够细，脚也挺长的，大腿的曲线也……我在看个什么劲啊！

我的女朋友是森啦！对了，森穿起学校泳装也是不容忽视的啊！她的手臂和大腿有适度的脂肪，看起来既柔软又健美，皮肤也很光滑细嫩，还会弹起水滴咧，胸部也算是有料。我在游泳课时偷偷注意过，所以很清楚。

真是的，板垣和班上男生都不明白森的魅力。

夏天我一定要跟森去海边！好期待啊！

森会穿怎样的泳装呢？到时一定能亲个过瘾吧。

我把物理老师的声音当做背景音乐，开始幻想自己在纯白的沙滩上追逐穿着泳装的森。

“对了，我周日要跟绘里她们去买衣服。亮太喜欢怎样

的呢？”

“比基尼，下面是迷你裙的那种。”

“啊？”

森握着自动铅笔呆住了。

糟糕！放学后我带森来我家写作业，但我一不小心又在脑中幻想起来。

“呃，那个，现在是在说泳装吧？”

我慌张地说着，森噗嗤一笑。

“真是的，说什么泳装，现在才十二月耶，太心急了吧。”

“是、是这样吗？啊哈哈……”

“到了夏天我自然会穿给你看啦。”

“我不要洋装那种的喔。”

“为什么？洋装那种不是很可爱吗？”

“才不要，泳装一定得是比基尼啊。”

“那么，呃……我会努力减肥的。”

“不需要啦，红乐乐现在这样刚好。”

“真、真的吗？啊！你刚刚又叫我的名字！”

她立刻红着脸大叫。

“笨蛋笨蛋，不要叫我的名字啦！”

“这是男朋友的特权。”

“可是……很害羞嘛……”

“只有我们两人的时候，你也都叫我亮太啊。”

“可是你的名字很普通，也很好听嘛。我喜欢亮太这个名字。”

“我也觉得红乐乐这个名字很可爱，我很喜欢。”

“讨、讨厌，亮太真是的！”

森的脸越来越红了。

喔喔，这气氛挺不错的嘛。虽然先前失败过好几次，不过今天一定没问题！

我若无其事地探出上身，把脸贴近森。森没有注意到，还只顾着害羞。

她的嘴唇跟脸颊一样健康饱满。

好像闻得到洗发精的芳香。

很好很好，非常顺利。

只差一点。

只差三公分。

然后……

“讨厌啦！就说不可以叫名字嘛！”

森突然猛摇脑袋，害我扑了个空，趴到桌上。

我的手肘撞上桌子，发出“砰咚、喀当”的巨响。

“亮太？你没事吧？”

“……只是手滑了一下。”

“因为你刚刚叫我的名字，所以遭天谴了。”

她不高兴地鼓着脸说。

可恶，我才不认输！我重振精神嘟起嘴唇，正要贴上她的嘴唇时……

“哇！你的头上有发旋耶！”

森用双手按住我的头。

“发旋这种东西谁都有吧！”

“呃，可是很可爱嘛！”

森像是在搔小狗的下巴一样，用手指抚弄我的发旋。

可恶！既然如此就正面进攻吧！我今天就要亲到！绝对要亲到！

我抓住森的手。

“！”

我再也不管气氛啦！

“亮、亮太……”

“森。”

我朝惊讶的森慢慢靠近……

“讨厌！你又叫我的名字！”

她一巴掌打在我的头上，我的脖子往旁边扭去。

“喂！我又没有叫你红乐乐！我刚才叫的是森啊！”

“你叫了啦！你现在就叫了！”

“你分明是故意的吧？”

“呃，你、你说什么啊……”

森开始转移视线。

“因为我想亲你，所以你故意闪躲吧？”

“呃，你、你想亲我？”

看她眼睛眨个不停的样子，摆明就是在装傻。

“别、再、装、了！我一直觉得很奇怪，你之前也都是故意的吧？”

“呃，亮太，那个……”

“红乐乐，你不想让我亲吗？”

“啊！不要叫我的名字啦！”

“红乐乐，你根本不喜欢我吧？我还以为红乐乐是我的女朋友，我是红乐乐的男朋友，可是你其实不这么想吧？红乐乐，你说啊！森红乐乐！”

“讨厌讨厌讨厌！不要一直叫个不停啦！”

森连塞着耳朵的手指都羞得发红，浑身颤抖地蹲下去。

她用双手塞住耳朵，一边“可是、可是……”地小声说着。

“……不要欺负我啦，我当然把你当做男朋友啊，可是、可是……”

森说得支支吾吾，我全身都提起戒备。

难道她接下来要说，她还是比较喜欢芥川吗？糟糕！怎么办？

森含泪仰望着我。

“初吻要在黄昏的海边才行啦。”

“啊？”

她看着呆住的我，又左右甩着头说：“这是我从小学时代就有的梦想。初吻的背景是波浪拍打的夏天海岸，巨大的夕阳一半沉到地平线下，南方之星的《盛夏的果实》轻柔地传来，还有海豚在游泳……”

海？夕阳？这些都还说得过去，南方之星的《盛夏的果实》也算可以接受。

不过……

“海豚是怎么回事？说什么海豚啊！东京附近的海边哪会有海豚悠闲地游泳啊！”

“这是我的梦想啊！什么关系嘛！”

“这么说的话，在我们去有海豚出没的海边之前，就一直不能亲吗？在海豚游过来之前要一直站在海边吗？一定要等海豚出现吗？你说啊！”

“这、这个……这我也知道啦。我每次去海边也都只看得到水母……就算我退让一百步……不，退让一千步……可以用TUBE或决明子代替南方之星，可是夏天黄昏的海边这一点我绝不妥协！”

糟糕，我们搞错交往时机了。

早知道就在暑假前告白，这样立刻就能去海边。现在离海滩开放还有半年，我才不要一直忍下去咧！

“森，你冷静点。”

我按着森的双肩，很有男子气概地凝视着她。

“我从幼儿园时代开始，就决定要在冬天积雪的埃佛勒斯峰上，用初升的朝阳当背景献出初吻。”

“骗人！一定是骗人的！”

“不，这是真的。我小时候在放映教室看到《火线大逃亡》和《植村直己物语》时非常感动，所以订下这个誓言。不过为了你，我现在也决定要舍弃梦想。”

“因为那又不是你的梦想！”

“的确，这里不是喜马拉雅山或埃佛勒斯峰，不过！只要你在我身边，到处都可以是埃佛勒斯峰！你也闭上眼睛吧，想象这里是夏天的海边，夕阳沉到水平线，海豚像是在祝福我们似地噗噗跳着。你静下心听听看，难道你没有听见南方之星的《盛夏的果实》吗？”

“唔……”

森不甘愿地闭起眼睛。这时，有个高喊“烤地瓜”的声音从窗外飘过去。

“这里就不是海边嘛！这才不是南方之星！”

森用双手推开我。

“我要回去了！”

“等一下啦！森！”

森急忙收起桌上的课本和笔记本。这时，我的课本啪沙一声落在地上。

“！”

森瞪大了眼睛，我也“呃”地叫了一声。

我向板垣买来的琴吹照片散落一地。

我都忘记自己把这些东西夹在英文课本里了！

森捡起照片，神情严肃地一张张翻看。

房间里充斥着寂静。

“森……这些是……”

“……全都是七濑呢。”

她喃喃地说。

“这这这这这这是因为板垣强迫推销，我才勉强买下来的，不、不是啦！是别人拜托我，我才帮忙买的！绝对不是自己要用……”

“我明白了。”

“是吗？你能理解吗？”

“亮太果然还是喜欢七濑。”

“啊？”

森的眼中渐渐盈满泪水。

“我只是七濑的代替品吧！”

“喂！哪有这回事啊！”

“亮太大笨蛋！”

森把照片砸在我的脸上，抓起书包和外套就跑出去。

混账！她怎么会以为我“果然还是”喜欢七濑！

隔天，我一到教室就看见森和女生们开心地聊天。

看到那一如往常的笑容和语气，让我觉得松了口气。

她好像已经不在意昨天的事。

不过她一看到我，表情立刻扭曲，眉梢下垂，好像立刻就要哭出来。

“哎，小森，你怎么了？”

“呜……我突然想起《弗兰德斯的狗》的结局啦。”

“怎么会突然想到那个啊？”

女孩们都有些吃惊。

我听着她们的对话，心中刺痛不已。

我……我才没做过什么应该有罪恶感的事咧！琴吹的事情是森自己要误会的，又不是我……

“喂，反町！昨天的那个用过了吗？”

板垣大声地喊着。

“你这笨蛋……”

我正想叫他闭嘴，就看到森掉下眼泪。

“小、小森！”

“阿忠好可怜喔！”

“……你也太容易感动了吧，小森。”

“我了解，动物的故事真的很催泪呢。”

我悄悄地走向自己的座位。

后来的情况也一样，只要我跟森对上视线或是朝她走近，她就立刻飙泪，害我只能僵在原地，根本没办法找她说话。

森这家伙，该不会真的以为我是想要找人代替琴吹才跟她交往吧……

森是个很容易会错意的冒失鬼，她会立刻把想象当真的个性真是太可怕了。如果继续这样下去，说不定她会笑着对我说：“反町，这段日子谢谢你，不过你还是跟喜欢的人交往比较好吧。”

惨了！我越来越担心。照森的个性来看，说不定她真的会这样说。

我只要待在教室里便会被板垣揶揄，还得看着森的哭脸，所以我在午休时间跑到中庭的草地抱头蹲着。

“哈啾！”

我听见一个小小的喷嚏声。

本来以为在这寒冬之中不会有人疯到专程跑来中庭吃饭，可是却有个绑着长辫子的女学生坐在大树下，窸窸窣窣地不知道在做什么。

文艺社在那边放了一个写着“帮您成就爱情”的奇怪信箱，我以前也曾因为自暴自弃，把自己无法向森表达心意的懊恼心情写在纸上投入信箱。

正在看信箱的人就是文艺社的社长，她自称是“文学少女”。

“哎呀，反町同学。”

天野远子学姐把一张折起的稿纸珍惜地贴在扁平的胸前，温和地微笑。

“喔喔，原来你被森同学误会啦。”

她把手肘靠在老旧木桌上，倾出纤细的身体，说着“嗯嗯”点头附和。

真是的，我这是在干什么？

竟然跟一个没多熟的学姐婆婆妈妈地扯些恋爱烦恼，实在丢脸到极点。

不过这房间里的书还真多耶。那些旧书光是书柜还放不下，连地上也堆得满满的，随便乱碰的话好像会整个垮下来。

“原来如此。反町同学，我都明白了。”

天野学姐突然一脸认真地站起来。

“你现在需要的是拜伦！”

“拜、拜轮？”

我坐在椅子上睁大眼睛往后仰，一边问道。

那是类似邮轮的东西吗？

“乔治·戈登·拜伦（George Gordon Byron）是生于一七八八年一月二十二日的英国诗人。他生长在拥有悠久历史和传说的古老贵族家庭，据说他的性格从孩提时代就很高傲，自我意识很强。

“他进入剑桥大学以后也一直诚实面对自己的欲望，过得很放荡，而且到处借钱，很少乖乖去上课。

“后来他决心当个诗人，还没毕业就出版第一本诗集，大学毕业以后还随兴所致地畅游了西班牙、地中海、阿尔巴尼亚、希腊、土耳其等地。拜伦结束长达两年的旅程回到英国以后，因为长篇叙事诗《恰尔德·哈洛尔德游记》（Childe Harold's Pilgrimage）大受欢迎而成为时代的宠儿！他自己对此的描述是‘某天醒来就出名了’。”

我一头雾水地想着这家伙跟我有什么关系，但又找不到插嘴的时机，只好一直听下去。

“文学少女”就跟上次大谈海涅的时候一样，口若悬河地继续说着。

“不过呢，站在荣耀顶点的拜伦却因为感情纠纷和失败的婚姻导致评价一落千丈，在社会上受到严重排斥。因此他离开英国，再次踏上游历各地的旅程。

“他在瑞士、意大利旅行的途中，不断写下杰出的作品，最后为了支持希腊独立运动而组织军队，还亲自担任指挥官前往当地喔！后来他在当地得了热病而死。

“拜伦的人生就像一首长诗啊。”

天野学姐的手里不知何时拿着一本诗集，她一边翻书一边陶醉地说。

“没错！拜伦的诗就像鲜红的龙虾！豪迈地纵向剖开背上的甲壳，从里面挖出纯白虾肉塞满整张嘴。弹性十足的口感配上红酒和香草的香气，一咬就有壮阔的海潮味道沛然涌出，真是难以言喻的高雅滋味啊！

“你看，这首诗真的很美妙呢！”

我又没吃过龙虾那种高档货！这跟炸虾哪里不一样？我在心中默默吐槽，天野学姐却啪啦啪啦翻着诗集，开始读起拜伦的诗。

恕我梦见你爱我，
在梦里没有你的怒意，
你的爱只存在虚幻梦境，
醒来之后徒留悲泣。

墨菲斯[①]啊，封闭我的感官吧，
赐予我仁慈的倦意吧，
如果今晚的梦亦如昨日，
我将狂喜如同置身天堂。

咦？咦？咦？素我？素我是什么人啊？默飞丝又是哪位？卷益是说开卷有益吗？

天野学姐眼睛闪闪发亮，贴近了皱着脸、歪着头的我。

“怎样？听得入迷了吧？”

“呃……”

---

① Morpheus，希腊神话中的梦神。

根本像是在念经，我完全听不懂啊！

“这就像把龙虾头部的虾膏抹在洁白的虾肉上，是带点苦味的成熟滋味呢！拜伦的诗带有这种讽刺和悲哀，女孩一定抵挡不了！”

“可是我又不喜欢虾膏那种东西。”

“总而言之，女生都很喜欢拜伦喔！”

“这是谁统计出来的啊？”

“我这‘文学少女’说的，铁定错不了啦。”

看到天野学姐挺胸嘿嘿笑着，我毫无心情吐槽，陷入茫然之中，然后她笑容满面地把书塞给我。

“反町同学，这个给你，请仔细读过当做参考吧。拜伦虽然像个浪子，但也是你可靠的前辈喔。认真听一听前辈的忠告吧，加油喔。”

现在已经没人在用浪子这个词了吧？话说回来，我才不要这种到处把妹、搞出一堆麻烦的前辈咧！

虽然我想把这本写着《拜伦诗集》的薄书还给天野学姐，但是第五堂课的上课铃声已经响了，她匆匆挥手，踏着轻快的脚步离开。

这个文学少女还是老样子，都不听人家说话……

“哇！还是看不懂啦！”

当天晚上，我读了拜伦的诗集，读到抱头大喊。

虽然天野学姐说拜伦的诗弹性十足、有壮阔的海潮味、虾膏很苦、讽刺和悲哀什么的，可是，我只觉得这是一个我行我素的臭屁男人在自我陶醉地碎碎念啊。

是说这家伙还真惹人厌。

烦恼消散，恋情逝去，
皆因人类善变的缺陷，
该呻吟时，我们却错乱地微笑。

你好烦啊，拜伦！

女生真的会喜欢拜伦吗？这种麻烦的家伙到底哪里好？他不就是因为跟女人闹出麻烦，才会在英国待不下去吗？拜伦这家伙根本不行嘛！

我看到一半就开始随便翻页，不过翻到书末的介绍时，手指却突然停住。

那里印着拜伦的肖像。

“呃，这、这家伙……”

我看得目不转睛，忍不住大喊出来。

“真是个大帅哥！”

利落的短发、端正的眉毛、高挺的鼻梁、冷静的双眼、优雅的嘴唇，简直像个模特儿的俊男稍微侧着脸。与其把这家伙比喻成炸虾，的确不如说是龙虾。他的男性费洛蒙像红酒一样会散发出香味。

对，我懂了！女生会喜欢拜伦就是因为这样啊！

脑袋简单的女人看到这样的脸，一定会痴迷地喊着“拜伦先生”吧。

同样的一句话，从丑男的嘴里说出来和从帅哥的嘴里说出来就是完全不一样。

如果有这种高贵的长相，就算随便读个麻婆豆腐的食谱，女人也会听得心花朵朵开吧。再加上他是贵族出身，而且是剑桥大学毕业，是个家世好、学历也好的帅哥嘛，啧啧！

看着他的肖像，我突然觉得很火大。

说什么拜伦是我的前辈啊！这种贵族帅哥怎么可能了解我这种平民的心情！

真是不爽，超——不爽。

拜伦！我才不想听你的教训啊！

平民哪会吃龙虾，当然是吃炸虾啊！

隔天，我依然抱着对拜伦的敌意去到学校。

虽然我本来想在拜伦的肖像上用马克笔画些鼻毛或螺旋之类的丑化涂鸦，但又觉得太幼稚，所以就放弃。

不过，我才不需要拜伦帮忙咧。

我又不是小学生，我靠自己就能跟森重修旧好。虽然我昨天害怕看到森的眼泪而逃走，但是今天一定要平静地找她说话，然后约她在回家的路上去哪走走。

只要请森吃她最爱的栗子红豆汤，再解释那些照片真的没什么，一定能让她开心起来吧。

没错，事情很简单，根本轮不到拜伦出场。

我到教室后看看森的座位，但森不在那里。

咦？这种时候她应该已经到校了啊……

我在教室里四处张望，突然惊讶地停止呼吸。

森跟出乎我意料的人在一起。

是文艺社的井上，那个不起眼的乖乖牌。

森把双手按在井上的桌上，认真地看着他，小声地说话。

井上坐在位置上，面红耳赤地看着森。

怎、怎么回事？森那个认真的表情是怎么回事？而且井上干吗脸红？

突然间，森拉起嘴角，露出微笑。

“！”

她看起来很开心，而且还害羞地脸红，我看得全身都僵住了。

森好像在说“要保密喔”，把食指贴在嘴唇上，不好意思地笑着，然后回到自己的座位，坐下以后还高兴地继续笑着。

井上也害羞地低着头，这时他悄悄看了森的方向一眼，又面红耳赤地低下头。

哇啊啊啊啊啊啊啊啊！你们之间到底发生了什么事？

你们刚才说了什么？为什么井上会害羞成这样？

啊！森这家伙该不会是打算跟我分手，就去跟井上告白，而且开始交往？

可是，为什么会是井上？

森有兴趣的应该是芥川啊，井上跟芥川完全是不同类型耶。

虽然他们都很低调，一副优等生的样子，要说像的确是有点像，不过森喜欢的应该是更强悍、更成熟的男生。井上明明是很软弱，很需要人家照顾的类型啊。

啊，可是森的个性是很爱照顾别人，可能会忍不住想照顾井上这种柔弱的男生吧。而且仔细观察，井上也有一张应该会受女生欢迎的秀气脸蛋。

不，冷静点，森和井上绝对不可能交往。不管再怎么说，这种转变也太离谱。

森从我家跑出去是短短两天前的事，要说她在这段期间已经跟井上发展出什么，怎么想都不可能。

唔……可是要这样说的话，我刚才看到的又是怎么回事?

一旦开始怀疑，就像掉到无底深渊一样，会无法自拔地不停乱猜。

开始上课以后，我满脑子还是在想森开心的笑脸，还有井上害羞的表情。

更惨的是，我昨天读的拜伦诗句像诅咒一样不断冒出。

一旦陷入悲伤的恋情，
全世界都被伤痛、苦闷和猜疑掩盖，
我的心将因无尽的悲叹而碎裂，
无论白天夜晚都只有黑暗流窜。

哇啊——这是什么鬼东西啊!
我只是随便看过去，怎么会连这种小细节都记得清清楚楚!

唉，我寂寞的、寂寞的、寂寞的枕头啊，
我的情人在何处?我的情人在何处?
出现在这寂寥梦中的是那人的船吗?

远远地，在波涛中孤单飘摇。

住口啊！拜伦！我的脑袋要爆炸，胃要抽筋啦！

一切都结束了——我梦见如此，
未来不再闪烁着希望的光辉，
幸福的日子已经离我而去。

你有完没完啊——

女人是美丽娇媚的骗子，
男人立刻就会信以为真。

哇！你太多嘴啦！

无语垂泪，
两人离别之时。

我们又还没分手！

不管我再怎么吐槽，拜伦这家伙还是死赖在我的脑海里吟诗。拜伦，你为这么要这样对我？你到底想告诉我什么？

——拜伦虽然像个浪子，但也是你可靠的前辈喔。认真听一听前辈的忠告吧。

那个“文学少女”温吞的声音非常温柔地响起。

可靠的前辈啊……

但是现在这种状况，与其说是忠告，我觉得更像骚扰……

你的唇留下了香吻，心爱的女孩，
我因迫不及待而心胸震荡，
等到好日子到来，
我会将这份赠礼完好如初地归还给你。

是说我们根本没有亲过啊！我的嘴唇才没留下什么吻！

一想到这里，立刻有股热气从我的腹部直往上冲，好像撞上脑袋里的什么东西。

对了！我都还没亲过她耶！

啊！混账！我懂了，我都懂了！前辈！

我应该效法你的厚脸皮，当一个死缠烂打的男人！

你就拉上嘴巴的拉链，好好看着我这个后辈吧！

“喂，森。”

“什、什么事啊，反町？”

“我有话跟你说，放学后在游泳池等我。”

“呃，游泳池？等一下……！”

我在打扫时间对她这样说，三十分钟以后，我们在寒冬的游泳池畔看着对方。

“反町，为什么约在游泳池啊？”

制服以外还穿着外套、围着围巾的森冷得缩起身体。

“还有，你为什么不穿外套？”

“这是为了表现我的决心。”

在呼啸吹过的风声中，我一脸认真地说着。

不过，坦白说真的很冷。寒风刺着皮肤，一不注意牙齿就会打战。糟糕，在流出鼻水之前快点把话说完吧！

是说森这家伙刚刚竟然叫我“反町”？可恶……胸口好痛。

“你……你说有话跟我说，是什么事？是不是……要跟我分手？”

森很害怕地瞄着我。

混账，胸口又痛起来。

森勉强地笑了一下。

“既然你另有喜欢的人，那也是没办法的事。不好意思，我一直没发现。你应该早点告诉我嘛。”

啊啊……果然还是讲到这里。森，你这家伙真是的。

那双凝视着我的眼睛盈满泪水，好像就要哭了，看得我的胸口痛极了。

我觉得自己也快哭了。

“不是，我不是来提分手的，我是要说泳装的事。”

“啊？”森睁大了眼睛，“泳装？”

大概是太过震撼，她整个人都呆掉。

“是啊，我最近才发现，自己非常喜欢泳装，买过的写真集也全都是泳装美女。我会喜欢夏天，也是因为看得到泳装。比起韵律服、女仆装或是兔女郎装，我最爱的还是泳装。”

森好像非常惊慌。

“所、所以你才会搜集七濑的泳装照吗？”

“不是这样啦！”

我大叫。

“我的确很喜欢泳装，但也不是谁穿都可以，只有红乐乐的泳装才行！”

“呀！别叫名字……可、可是你买过几十本写真集啊。”

“只有三本啦，而且跟红乐乐交往之后一次都没翻开过。我想看的只有红乐乐的泳装啊！”

“太、太奸诈了，不要叫我的名字啦！”

我对面红耳赤、膝盖颤抖的森继续说：“游泳课的时候，我也从来没看过琴吹，我一直在看红乐乐的泳装。”

“你不是看我，而是看我的泳装？”

“不是啦，我看的是穿着泳装的红乐乐，我是这样深信着的。我喜欢的是森红乐乐。”

“不要连名带姓地叫我啦！也不要深信这种事！”

“因为看到泳装而发现自己的心情有什么不对？这里是我发现自己喜欢红乐乐的纪念场所！我从那时就一直在想，如果能跟穿泳装的红乐乐约会，那该有多好啊！”

森说不出话了。

啊啊……我真的豁出去了。跟拜伦的诗比起来，这点程度还算不了什么。前辈，我要当个死缠烂打的男人，我要变得更不要脸！

“我之前也说过，我不爱洋装式，喜欢的是比基尼，下面一定要配迷你裙。红乐乐的梦想是在黄昏的海边配着南方之星和海豚献出初吻，而我的梦想则是跟穿着泳装的红乐乐在一起！我等不到夏天了！不管是春天、秋天或是冬天，我都想看红乐乐的泳装！所以……”

我盯着屏息的森的眼睛，直直伸出右手，果断地说：

“跟我一起去夏威夷水上乐园吧！”

要从东京搭两小时电车才会到达的夏威夷水上乐园，是一座被球形顶盖和椰子树包围的巨大游泳池，听说全年都维持着二十八度的水温。

那里可说是四季如夏！日本的夏威夷！草裙舞和阿啰哈！

如果去那里，全年都能看到穿泳装的森。

就像随兴跨海旅行的拜伦一样，我们也要乘船前往新世界。

那里一定会有脖子挂着木槿花项圈的夏威夷舞娘热烈欢迎我们的到来。

我的兴致达到最高点，脑袋里甚至播放起夏威夷舞蹈的旋律。

但回过神来，才发现森用看着未知物体的眼神看我。

咦……难道她吓到了吗？

听到“拦球”这种史上最烂冷笑话都会笑翻的森，此时却脸色僵硬地往后缩。

我突然惊觉过来，耳根一下子变得火烫。

哇，丢死人了！

我承受不住森那种像是怜悯或同情的难堪视线，所以缩了手，转身跑走。

因为动作太过用力，我的脚踝喀啦一声扭到，身体一倾，脚步从游泳池畔踏空。

“啊！亮太！”

池中激起一大片水花。

下一瞬间，我在严冬的游泳池里大声惨叫。

哇！冷死人啦！

我再也不要去学校了。真想像只鮟鱇鱼一样，潜在棉被里过完这辈子。

周六的下午，我不停吸鼻涕，连打着喷嚏，躺在床上呻吟。

在昨天那件事发生以后，我是怎么爬出游泳池、怎么回到家里的，我完全不愿意去回想。

我滴滴答答地淌着水滴，浑身发抖，正想逃走的时候，却被森一把揪住。

“不行啦，就这样回去的话，说不定有人误会你在学校受欺负而报警，你也会感冒的。先换上体育服嘛，好不好？”

她拼命地恳求。

后来我一直喃喃念着拜伦的诗句，像是“一切都结束了”或是“墨菲斯啊”之类的，一边抖个不停。

森大概吓坏了吧？她一定不想再跟这种愚蠢的男生交往。

特地把她叫到游泳池边，满口说着泳装泳装，最后还来个跳水演出，结果得了感冒。就算再笨也得有个限度啊，我真是货真价实的大笨蛋。

我胡乱抓起棉被盖住自己，这时突然听到门铃声。

爸妈跟老妹都出门了。

我放着不管，门铃却继续响。算了，当做没听见吧。

结果，玄关门外传来“不好意思”的声音。

是森！

我慌张地掀开毛毯和棉被，冲到玄关前。一打开门，我就剧烈地咳到蹲下。

“哇！亮太！”

穿着便服裙子和短外套、围着围巾的森，吃惊地按住我的肩膀。

“你、你没事吧？振作一点啊！”

“咳咳……我、我只是跑得太急，有点喘不过气。”

“亮太，你的身体热得像煮开的茶壶耶，好像都快要冒烟了！一定要安静休息才行。你家的人呢？”

“大、大家都出去了。”

“这样啊，那我来照顾你，先躺回床上吧。”

森用双手扶着我，微微一笑。

“来，这是苹果泥喔！”

森拿着银色的汤匙温柔地喂给我吃。

“你应该吃得下这个吧？”

“呃，嗯。”

“我还加了蜂蜜和柠檬，很有营养喔。慢慢吃吧。”

“那个……”

我躺在床上接受她无微不至的照料，一边疑惑地开口。

“你昨天一定吓到了吧？”

“嗯，是啊。”

森苦笑着说。

“你一定觉得我是个笨蛋吧？”

“嗯。”

她回答得这么干脆，让我大受打击。

“你说着泳装怎样怎样的时候，看起来真像个大笨蛋。”

打击更大了。

“你正经八百地说要去夏威夷水上乐园的时候，我还在想你是不是吃错药了。”

打击继续加重。

“后来你掉到游泳池里，我觉得你简直无可救药。”

哇啊啊啊啊啊啊啊啊啊啊啊啊啊啊！我的体温好像突然上升十度，心脏也痛得快要裂开。干脆杀了我，给我个痛快吧！

“可是啊，我回家以后，还一直想起游泳池边的事。”

不、不要再想了啦，快点给我忘掉……

“虽然你又笨又出糗，但是，我一想到你是为了我才做出那么丢脸的事，就觉得好感动。”

啊？

森低头看着我，害羞地微笑。我的心脏狂跳了起来。

“对不起，七濑那件事我不该怀疑你。我也很喜欢你。”

森开心地说，还露出太阳般的灿烂笑容。

——女生都很喜欢拜伦喔！

拜伦……老是只想到自己，任性妄为……胡搞瞎搞以致失败，被众人唾弃，失去了立足之地。

真是个没用的家伙……没用的前辈。

可是，女人一定没办法狠心不理这么没用的拜伦吧。

想必她们在不知不觉间就喜欢上了即使被大家批评、排斥，还是照着自己心意行动的拜伦。

“可、可是你……好像跟井上很亲密地说了悄悄话耶。”

对了！那到底是怎么回事？

“啊？井上？”森愣了一下，然后立刻咧嘴笑着说，“喔喔，那个啊，我只是在跟井上确认一件事而已啦。”

“确认什么？”

“我问他是不是真的不是萝莉控，没有恋母情结，对男人也没有兴趣。”

被人这样问的话，的确是会脸红。

“你干吗问他这个啊？”

“因为七濑喜欢井上啊，所以如果井上是萝莉控，或是有恋母情结，她当然会烦恼嘛。”

“咦？真的吗？”

琴吹喜欢井上？可是，她跟井上说话的时候不都老是一脸不高兴吗？井上也很怕琴吹啊。

“不可以跟别人说喔！”

森把食指按在我的嘴上。

如果我说出去，那些迷恋琴吹的男生一定会呼天抢地吧。

“所以你真的对井上没意思吗……”

“我喜欢的只有亮太一个啊。”

她甜美的笑容让人看得目眩神迷。

“所……所以啊……”

森的语调突然升高。她湿润的眼睛看向一旁，脸也红起来。

“你为我做出那么丢脸的事……所以我也要有所回报……”

喀锵……她放下汤匙，手指捏住上衣的纽扣，然后慢慢地解开纽扣。

喂，这、这这这这这是在干什么啊？森！

“哎呀，我还是会不好意思啦！亮太，你闭上眼睛。”

我立刻闭起眼睛。听着布料摩擦的声音，拉链滑动的声音，还有衣服沙沙落下的声音，我不由自主地吞了好几次口水。

喔喔喔喔喔，等一下会发生什么事咧？

“……亮太……可、可以张开眼睛了。”

“可可可可可是，你、你的衣服……”

“没问题，我有穿啦。”

什么啊，是这样啊。我有点失望地睁开眼睛，却当场愣住。

“！”

她的确穿着衣服，但她穿的是“泳装”！

那是清爽的天蓝色比基尼，下面则是轻飘飘的迷你裙！

她穿着完全符合我理想的打扮，害羞地缩着肩，两手放在腿上端正坐着。

"……亮太，你很想看泳装吧？"

"红乐乐……"

"呀！你又叫我的名字！"

她害羞得红了脖子，缩起身体。

我坐了起来，沉着地问："为什么泳装外面还穿着围裙？"

而且还是有荷叶边的连胸围裙。被这东西一挡，隆起的胸部和丰满的大腿都看不到了啊！

森低着头扭扭捏捏地说："因、因为……因为……在男生的房间穿着泳装，真的很不好意思嘛……而且因为要来照顾你，我想还是带着围裙比较好……"

不，就某种角度来看，我觉得泳装外面穿着围裙才会更不好意思。

"要看完整版就等下次吧。"

算了，也好啦。

即使只看到一部分，我还是看见森的泳装。她虽然害羞，但也已经很努力。

"红乐乐为了我穿泳装来，我真的好高兴。"

"哎哟！你又叫我的名字了，亮太！"

"现在只有我们两人嘛。"

"……嗯，也是啦。"

"红乐乐。"

"亮太。"

美好的气氛让我们自然而然地把脸靠近。

"……这里不是海边，而是我的房间喔。"

"……嗯。"

"……也没有播南方之星的歌喔。"

“……嗯。”

“我也没准备海豚和夕阳喔。”

“没关系……只要有亮太就好了。”

森慢慢闭上眼睛。

啊啊，总算到了这一刻。

谢谢你！拜伦！

谢谢你！文学少女！

当我的唇上感觉到森呼出的鼻息时……

“我回来了，亮太。”

“哥哥，我们买了果冻喔，要吃吗？”

喀啦！房门打开，出去买东西的老妈和老妹出现了。

“！”

“！”

我僵住了，穿着泳装围裙的森也僵住，老妈和老妹亦愣在原地。

神啊，拜伦啊，文学少女啊，不管是谁都好，快教我接下来该怎么办吧！

我的手按在森的肩上，一边睁大眼睛，一边在心中大喊。

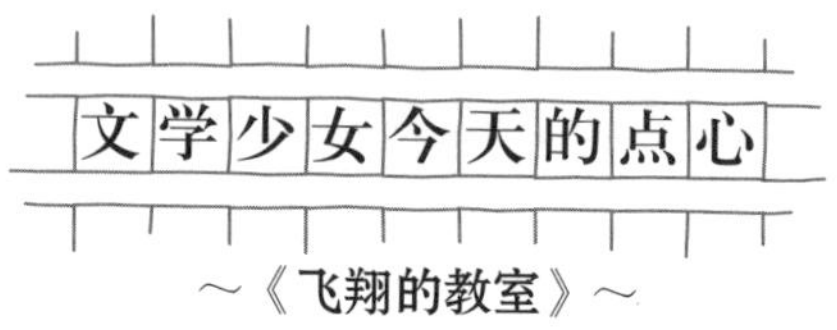

~《飞翔的教室》~

“井上，听说你跟芥川在交往，这是真的吗？”

冬天的某一天，我正在走廊上拖地，班上的森同学一脸认真地跑来问我。

“怎样，是不是嘛？”

其他女生不知何时也围了上来，纷纷抢着问我。

“你们是两情相悦吗？”

“听说是你主动告白，真的吗？”

因为现在是打扫时间，大家手里都拿着拖把或抹布，而且挑着眉梢、板着脸孔，好像随时会扑过来似的，好可怕啊。

我像只被猫追着跑的黄金鼠，背后贴着走廊墙壁，心惊胆战地缩着肩膀。

“这是怎么回事？我跟芥川只是朋友，怎么会有交往或是告白这种男同志的举动啊？”

“可是，你不是在文化祭上跟芥川一起演出吗？”

“那是因为我们社团的社长请他去帮忙啊。”

“你们两个人都没参加闭幕典礼耶，那时你们是不是在一起啊？”

“只是巧合啦……”

我支支吾吾地说着，同时想起当时的事，脸都红起来了。

啊啊，这样说来，我的确在教室只有我们两人的时候向他

"告白"了。

我说："我想跟你当朋友。"

硬要说的话，那确实是告白，而且是拙劣至极又尴尬万分的告白。

森同学等人大概察觉到我的脸色有异，都露出更凝重的表情朝我贴过来。

"你们在周日一起去看过电影吧？"

"你、你还真清楚。嗯……我们是看过电影。"

"后来还去了弓箭社的练习场吧？"

为什么她们会知道得这么详细？我愕然地点头回答"嗯"。

"果然没错……"

"所以那是真的啰？"

"呀！"

她们纷纷大叫。

"等、等一下！你们是不是误会什么？什么事是'真的'啊？我跟芥川不是那种关系啦！只是去看了电影，又去练习场体验一下弓箭社的活动而已！是说你们有没有在听啊？"

森同学无视拼命解释的我，一脸沉痛地跟其他女生嘀嘀咕咕地说话，然后突然转头看着我。

"井上，拜托你！"

她把手按在惊讶的我的肩上，担心地说。

"刚才那些话绝对不可以告诉七濑。"

"嗯？琴吹同学？"

为什么会在这时提到琴吹同学？

"女生是不会想要知道某些事情的。"

咦？咦？咦？我不懂，这是什么意思？

森同学眼眶含泪。

"呜……我也不想知道啊。所以，井上，不可以把你跟芥川的事情告诉七濑，答应我喔。"

"呃，森同学……"

其他人也纷纷说着"我也不想知道""我也是""我就觉得芥川一直拒绝女生是很奇怪的事，结果竟然是真的……太震撼了"，垮着肩膀离开。

刚才那是怎么回事？为什么会有人谣传我跟芥川在交往？

我茫然若失地站在走廊一角，这时琴吹同学带着凶狠的眼神走过来。

"！"

我吃惊得无法动弹，她好像也很紧张地停下脚步，脸庞红了起来，直盯着我。

她、她到底想说什么？

我再次像只黄金鼠一样默默地缩起身体，琴吹同学仿佛很犹豫地撇开视线。

然后她又转向我，撅起嘴唇继续向我走近。

"虽、虽然我是不在乎啦……"

她没头没脑地丢出这句话。

"不过我听说你跟……芥川……在那个……交、交往……"

听到琴吹同学满脸通红、欲言又止说出来的话，令我感到双脚无力。唉，结果又是这件事啊。

虽然森同学叫我对琴吹同学保密，不过她根本已经听说了嘛。

我决定装傻到底。

“什么事？”

琴吹同学陷入沉默。

她好像不知道该从何问起，视线游移不定。

我也假装不知道她要问什么事，露出微笑。

琴吹同学吃惊地睁大眼睛，表情变得越来越迷惘。

在我想着“看来应该可以蒙混过去”时，突然有个高亢的声音传来。

“心叶学长！”

有位头发蓬松的女孩像小狗一样奔驰而来，那是小我一届的竹田同学。

“心叶学长，我听说了唷！你跟芥川学长在初次约会就有了初体验啊？我班上参加漫研社的同学说，她看过文化祭的戏剧以后就一直觉得你们两人之间怪怪的，还信誓旦旦地说，下次的社刊要出芥川学长 VS 心叶学长的 BL 作品呢！我也订了三本喔！”

“竹竹竹竹竹竹、竹田同学！”

我的心脏简直快跳出来了。

拜托你，不要兴高采烈地说这种事啊！而且还在走廊上这样大声嚷嚷！

琴吹同学眼中含泪，吊起眉梢。

“不干我的事！无论井上跟谁交往，完——全——不干我的事！”

她颤抖着大喊，然后转身快步跑进教室里。

我感到全身极度虚脱，垮下肩膀。

“竹田同学，你刚刚说的话会惹人误会啦。”

竹田同学调皮地笑着说："嘿嘿，我是故意的。"

◇ ◇ ◇

唉，上次被传是萝莉控已经搞得我很头大，结果这次又搞出同志啦、跟男生交往这些谣言。

芥川听到这些事了吗？他的个性那么严肃，要是听见这种乱七八糟的谣言，一定会比我更震惊吧。

我回教室找芥川，不过他好像已经去社团，到处都看不到他。

没办法，我也去文艺社吧。

"你好，心叶，我正在等你呢。"

一打开社团活动室的门，远子学姐就刻意地站起，对我露出温和的微笑。

咦？她款款漫步靠近了吃惊的我，然后轻轻牵起我的手，把我带到桌边，还为我拉开椅子。

"请坐吧。啊，班上同学给了我糖果喔，给你吧。来，这是牛奶抹茶口味。"

"……谢谢。"

怎么回事？她笑得好不自然，感觉真可怕。

我把甜中带苦的糖果放进嘴里，一边问道："呃，今天的题目是什么？"

“这个啊，就用‘手套’‘彩绘玻璃’‘除毛膏’来写吧。限时五十分钟，预备，开始！”

远子学姐轻柔摇曳着细长的麻花辫，喀啦一声按下她惯用的银色马表。

除毛膏是怎样啦……她选的题目还是一样怪，但我反而感到安心，翻开一叠五十张的稿纸，拿着 HB 自动铅笔开始写。

远子学姐脱下鞋子，很没规矩地屈膝坐在窗边的铁管椅上，开始读她放在腿上的书。她今天拿的是精装本，好像是童书。

她以白皙的指尖撕下一小片书页放到嘴里，慢慢咀嚼，喉咙一颤吞了下去，然后欣喜地开口。

“嗯，真好吃！凯斯特纳《飞翔的教室》的味道，就像爸爸在圣诞节切给我吃的烤火鸡呢！

“表面散发着微焦的香味，金光闪闪、肉质柔软的火鸡里满满塞入用香草调味的芹菜和洋葱，再淋上酸酸甜甜的蔓越莓酱来吃！真是渗透到骨子里的美味啊！”

她红着脸，以无比幸福的表情品尝着文字的碎片，一边跟平时一样畅谈感想。

“埃里希·凯斯特纳（Erich Kastner）是一八九九年二月二十三日生于德国德勒斯登的作家。

“虽然凯斯特纳也写成年人看的小说和诗，不过他闻名于世的作品还是儿童文学。描述少年埃米儿和他一群个性鲜明的朋友们追踪坏人的《埃米儿与侦探》（Emil und die Detektive）还拍过电影，非常受欢迎。

“描写富翁独生女小不点以及为了帮忙生病的母亲而工作的安东尼之间友谊的《小不点和安东》（Pünktchen und Anton），还有叙述不知彼此存在各自成长的双胞胎姐妹，让离婚的父母重修旧好的《两个小洛特》（Das doppelte Lottchen），都是以活灵活现的人物描写和蕴含在剧情中的深意感动人心的名著喔。

“这本《飞翔的教室》（Das Fliegende Klassenzimmer）也饱含着凯斯特纳热切的讯息。没错，就像浸满肉汁香味的爽脆芹菜和洋葱一样！

“这本书里有两篇作者序言。

“凯斯特纳在第一篇序言和第二篇序言对儿童读者传达了一些事。

“他说这是一篇圣诞节的故事。

“小孩或许会有非常悲伤不幸的时候，但是不能颓靡丧志，要振奋精神，成为百折不挠的人，这样一来就能展现出勇气和智慧。

“这本书写的就是像这样在寻常生活中展现出勇气与智慧的男孩们故事。”

远子学姐的脸上泛起玫瑰色的光彩，热情地说起故事大纲。

“故事背景是在德国的文理中学（Gymnasium）。

“所谓的文理中学是九年制的高等学校，试想一下涵盖了日本的小学高年级到高中的直升式男校，应该会比较好懂吧。

“这个故事的主角是一群住在学校宿舍的高等科一年级男孩。其中包括极富正义感的领导人物戴马亭、立志成为作家的姚尼、尖酸刻薄又爱读艰涩书籍的塞巴修、贪吃而强壮的马提斯、像贵族千金一样娇小可爱又有点胆小多虑的邬理。他们要在圣诞节演出一部叫做《飞翔的教室》的戏剧。

“在这期间，他们曾跟别校学生吵架，也曾陷入烦恼，又互相鼓励、帮助别人，也受到帮助，同心协力，下定决心，述说梦想。

“原本胆小的男孩做出了让大家刮目相看的事，证明自己的勇气；总是在照顾大家的骄傲能干的男孩因为跟妈妈有过约定，死命忍着不哭——最后实在忍不下去，还是哭了出来；四岁就被父母抛弃的孤单男孩夜晚独自坐在窗边，看着城市的景色，一边想着他们那群人的未来，想象着幸福的情景，一边自言自语着‘说什么世界不美丽，才没这回事呢……’。

“就像圣诞节吃到的金黄火鸡是会深深留在记忆里的特殊味道，他们一起度过的日子也是无可取代的特别时光。

“灿烂辉煌，又很单纯——有伙伴、规律的生活、善良的内在、美丽的未来，还有能够效法的对象和值得尊敬的人物。虽然也有痛苦辛酸的时候，却能借着勇气把一切变成喜悦。

“在这圣诞节的故事里，充满了这种小小的奇迹喔！”

远子学姐吞下撕成小块的书页碎片，陶醉不已。

“啊，还有还有！这本书写到的男孩都很棒耶！

“强壮魁梧的马提斯和瘦小懦弱的邬理感情很好，他在邬理受伤的时候前去探望。邬理拿巧克力给马提斯吃的那一幕真的好可爱喔！另外，勤奋而自豪的戴马亭和内向安静的姚尼是好朋友，他们两人的友谊也很感人。塞巴修虽然喜欢高谈阔论，却是个好孩子。读了这个故事就会很羡慕男孩呢。我也好想当一年男生，在文理学校住住看！”

我一边写着最后一幕，一边说：“你就穿男装入学啊。如果是远子学姐，只要头发剪短就不会被看出来了。”

若是平时，远子学姐一定会鼓着脸颊生气地说“你是说我没有胸部吗”，可是她今天只是额旁冒出一下青筋，很快就变回菩萨般的慈祥表情。

“男孩之间的友谊真的很美妙呢。是吧，心叶？”

她语调温柔地说着。

“这时期的朋友是一辈子的宝物，有些人还会把朋友看得比家人和情人更重要喔。我觉得啊，就因为这是很深刻、很纯粹的情谊，所以有时也会越过友情的界线。”

我的背上冒起一股寒战。

远子学姐在说什么啊？难道……

“不可以输给周遭无心的视线和闲言闲语喔，我永远都是站在心叶这边。”

无心的视线是指什么……

“芥川同学好像也很缺乏那方面的知识，不嫌弃的话，就让我这‘文学少女’来推荐一些可以作为两人交往参考的书吧。你不用害羞，尽管来请教学姐吧。”

两人交往是什么意思啦？远子学姐也以为我跟芥川在交往吗？而且她竟然还用这种很能理解的表情，笑嘻嘻地给我建议！

我实在气不过，心底怒火中烧，便草草写完最后一句，劈里一声撕下稿纸交给远子学姐。

“请用吧。”

“谢谢，我开动了！”

远子学姐很有礼貌地笑着接过。（不过她还是屈膝坐着。）

二十分钟以后……远子学姐窸窣啜泣着。

“呜，好恶劣……太恶劣了。在某个冬日里，彩绘玻璃浮在天空，把母亲织的手套吸走，男孩对天空大喊‘还给我’。这些地方都很美、很有梦幻气氛，就像冬天被招待吃的朗姆果子露。

“可是为什么！为什么交换的条件会是除毛膏啊！而且男孩因为没有钱，还去商店顺手牵羊，这太夸张啦！不要突然跳到这么现实的剧情啦！朗姆果子露都变成冷冻海胆了！好硬，好腥喔！而且还有刺啦！”

远子学姐躲在椅背后面，战战兢兢地看着我。

“呜……心叶，你在生什么气啊……”

“……我哪有生气？我又没有理由生气。”

“你明明就是在生气嘛！是不是跟芥川进行得不顺利？”

我又想请她吃一颗冷冻海胆了。

总之我一定要找芥川商量，向大家解开误会！

隔天早上，我直接往芥川的位置走去。

“早安，井上。”

“早安，芥川，可以耽误你一下吗？”

芥川露出诧异的表情，我尽量别吓到他，提起谣言的事。

“……好像有人在传我们正在交往耶。”

“关于这件事，森她们之前也问过我了。”

“咦？”

我惊讶得目瞪口呆，但芥川还是以不变的冷静态度说：“我回答说，我们是在交往啊。”

“为什么？”

“我们正以朋友的身份在交往，不是吗？”

“呃，说是这样说啦……可是……”

“她们又问是怎样的交往，我就回答是认真的交往。”

“呃，这个……还有呢？”

芥川想了一下。

“好像还问我交往到什么程度了。”

“那你怎么回答？”

芥川以毫无迷惘或邪念的理性眼神，看着直流冷汗的我说：“我说我们周日去看过电影，后来因为井上说想要试试看，所以就到弓箭社练习场的体验区很畅快地搞得满身大汗。井上是第一次，而且目标太小很难瞄准，不过好在最后放松了，总算成功命中红心，所以玩得非常开心……大概就是这些事吧。”

我的脑中开始想象“想要试试看”“很畅快地搞得满身大汗”“目标太小很难瞄准”这些句子不停打转，像传话游戏一样渐渐变了样——然后想起森同学她们悲痛的表情，耳边也浮现竹田同学像卡通人物一般的爽朗声音。

——听说你跟芥川学长在初次约会就有了初体验啊？

哇啊啊啊啊啊啊啊啊啊！竟然是这么回事！

芥川没有半点恶意，这一点我非常清楚。可是，这种说法太容易引人误会啦！

“我只是叙述了最简洁的事实，为什么会被传成那样呢？”

就是因为你说得太简洁了啊……芥川。

“算了，别在意。我说的全都不是假话。既然没做过什么见不得人的事，只要堂堂正正地过下去，谣言自然会消失。”

芥川像凯斯特纳笔下的德国少年一样露出正直清澈的眼神，挺直腰杆，用毫不迷惘的语气断言说道。

我该以朋友的身份对他提出忠告吗……我沉沉地垮着肩膀，困惑了好一阵子。

七濑的恋爱日记

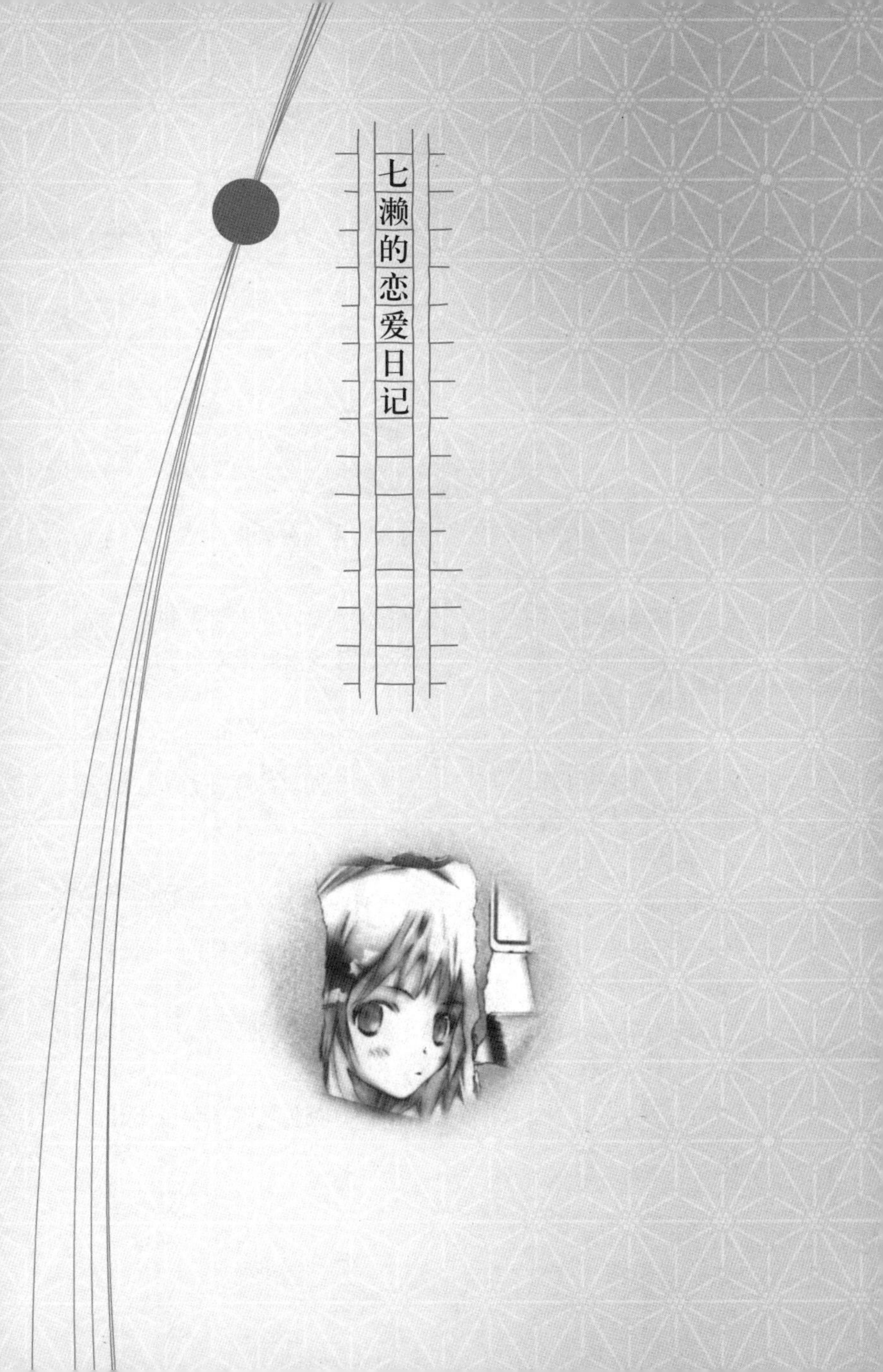

其一　唯一的心愿

从今天开始就是二年级。

我看到分班表，发现井上的名字跟我分到同一班，立刻血液上冲、双腿发软，差点当场倒下。

真的吗？我真的跟井上同班？这不是在做梦吧？该不会是另一个同名同姓的人吧？不会有人现在才跑出来说弄错了吧？

神啊！谢谢你！

我凝神盯着贴在走廊的白纸上印刷的“井上心叶”这个名字，看了十分钟以上，所以今年又跟我同班的绘理忍不住跑来问我：“怎么了，七濑？你的脸色好难看喔，难道是有个让你讨厌到要瞪得这么凶狠的家伙在同一班？”

哎呀，讨厌啦！我为什么一开始紧张或是陷入思考时，就会露出凶恶的眼神呢？嘴巴也会撅得像是很不高兴似的，难怪别人都以为我在生气。

因为很不好意思，所以我语调僵硬地回答：“没、没有啦，不是这样。”然后就悄悄逃进厕所里。

但我的心情还是兴奋不已，所以立刻传短信给就读于其他高中的好朋友夕歌。

夕歌！大新闻喔！ （@^▽^@）
我跟井上同班耶！
好开心！好开心！好开心喔！ \（^o^）/

夕歌也立刻回传短信。

太好了呢！七濑！ （^▽^）v
在教室遇到井上要拿出笑容喔！
啊，开学典礼要开始了！结束后我再传短信给你！

我突然觉得心头一沉。

笑容……我也知道笑容很重要啊！

可是只要站在井上面前，我就没办法自然地笑出来。

反正他也不在乎我是怎样的表情，甚至完全没注意到我这个人……

回想起先前的事，我的心情就越来越差。

我第一次见到井上，是在初中二年级的冬天。

虽然井上帮助了陷入困境的我，但是因为他的笑容太耀眼、太直率，让我看呆了，所以连一句道谢的话都说不出来。

后来我虽然每天都去图书馆看井上，但是一次也没有跟他说过话。

因为井上的身边总是有同一个女生，他的笑容、柔情似水的眼神、害羞的话语，都是给她一个人的……我只能站在旁边看着这一切。

后来井上不再去图书馆，我心想或许一辈子都没机会再看到他，为此绝望透顶。

所以当我升上高中，在学校里看到井上的时候，我还以为自己是在做梦。

我好开心，胸中情绪高涨，眼眶渐渐发热，差点就哭了。

啊啊，又见到他了。

我在心里不停不停说着这句话。

但是井上好像跟初中的时候完全不一样。

他跟那个女孩待在图书馆的时候，一直很幸福地笑着，但是成了高中生的井上看起来却很忧郁、很寂寞。

他跟班上同学说话时似乎很和气地融入大家，但是只要一直看着，就会发现他其实不怎么快乐，好像只是随口附和或是赔笑脸，中途还不时露出疲惫的神情。

每次看到他这种表情，我就感觉心脏痛得像是快被捏碎。

井上为什么变了呢？是因为那个女孩吗？井上看起来这么哀伤，这么痛苦，也都是那女孩造成的吗？因为那个女孩“变得那么有名”……

大概是因为这些疑惑一直在心中徘徊不去，结果，我虽然好不容易再见到井上，却完全没办法跟他说话。

这跟初中有什么不一样！太没用了！

每天晚上，我都会传“今天又失败啦！我在走廊转角白了他一眼！”“擦身而过的时候，我瞪了他啦！”这样的短信给夕歌，在床上抱着枕头，对自己的笨拙难过不已。

我会去当图书委员，也是因为期待着井上可能会来图书馆。

后来这个愿望实现了，我在柜台的时候，井上来过好几次，可是我一看到井上就会脑袋发热，所以尽量不跟他的视线交会，或是假装在忙别的事，慌慌张张地离开柜台。这时我会突然觉得不能再这样下去，然后振奋精神凝视着井上的脸，不过看起来大概只像在瞪他吧。

井上会一脸困惑地问："那、那个，我借的书过期了吗？"

"……没有。"

我这样回答以后便慌张地转过身，可是心里好懊悔，真想自杀算了。

而且井上完全不记得我，这也足以对我仅有的微薄勇气造成重创。

没办法了。

虽然那件事对我而言非常特别，不过对井上来说一定没什么大不了。

是啊，没办法了。

再说，那件事那么丢脸，我现在怎么好意思去问他记不记得啊？

每次我一说丧气话，夕歌就会鼓励我："你也真是的，跟喜欢的人在同一间学校重逢，这可是命运的安排呢，不可以轻易放弃啦。是因为你比初中的时候漂亮很多，所以井上才没发现是你。你不是还为了井上，努力学了画眉毛的技巧吗？你这么可爱，身材又好，所以一定要有自信喔！"

虽然我还是没自信……可是，没错，至少要让井上知道我的名字。

我始终无法舍弃这个希望，但是井上好像还是一直没把我看在眼里。

他的脸上老是挂着虚伪的笑容，对任何人都是笑眯眯的，好像也没有特别亲密的朋友，不过只有一个人例外。

井上跟那个人在一起的时候，看起来比平时还像个小孩。

这绝对不像他初中和那个女孩在一起时那样满脸笑容。

不仅如此，他在那个人面前甚至动不动就生气、抱怨，或是一脸挫败……不过那是井上由衷发出的话语和表情，完全不带半点虚假。

我觉得井上似乎只对那个人展露真心。

那个人是井上社团的前辈，文艺社的社长，也是最常出现在图书馆的人，绑着长及腰部的细长辫子，是个漂亮的学姐。

天野远子。

这是那位学姐的名字。

她有着完全无须减肥的美丽纤细身材，看起来也不像我这么泼辣，而是清纯柔和。而且不光是外表好看，连个性都很亲切温柔，会以小溪涓涓流动般的动听清澈声音愉快地说话。

当我因图书委员工作忙得手足无措的时候……

“那本书是放在这个书柜上的。”

她还会这样提醒我，帮我把书本归位。

她读过的书多到惊人，知识也很丰富，却丝毫不会目中无人。

完美得就连我这个女生都会崇拜她。

井上好像只有跟天野学姐在一起时，才能真正放松心情。

我觉得这对井上来说是件好事……

因为已经忘却笑容的井上，又找到了能让他安心的人……

可是那个人并不是我，我还是会为此懊恼哀伤得胸口疼痛。

井上连我的名字都不知道。

好像越喜欢就会变得越胆小似的，我越来越没办法开口跟井上说话。

我光是在远方焦急地看着井上的身影，却没有任何进展，就这么度过春天、夏天、秋天，连冬天都过去了。

我在二月十四日心血来潮地准备了巧克力，最后还是只能带回家吃掉。

夕歌虽然正在跟男朋友约会，还是很关切地打电话过来。

我嘴上说着“哎呀，我一点都不在意啦”，可是喉咙还是颤抖起来，眼泪扑簌簌地落下。

“七濑，不可以自己把巧克力全部吃光，要留一些给我喔。”

夕歌在电话另一头温柔地说。

“如果你能跟井上同班就好了，那样你下次一定要拿出决心向他告白喔。”

在春假时这么鼓励我的人也是夕歌。

“什么告白……不、不可能的啦。而且我们学校的人数很多，分在同一班的几率太低了……”

“也不是毫无可能啊。好，我从今天开始，在睡前都要祈祷七濑和井上能变成同班同学。七濑也在同样的时间祈祷吧，这样效果一定会加倍。”

然后，这个愿望真的实现了。

这一年能跟井上在同个班级度过！

可以让井上知道我的名字了！

还有还有，因为是同班同学，就算对他说早安或再见也不会不自然。

说、说不定以后换了位置还能坐在他隔壁……这样一来就能互借笔记，在运动会帮他加油，为了准备文化祭而留校然后一起回家……

我从前一直觉得毫无希望，早就放弃的妄想就像洪水泛滥一样沛然涌出，在脑海中不停打转。

我走进新教室坐下以后，还是完全听不进老师说的话。

位置是暂时以座号顺序来排，井上坐在最靠近走廊那排前面数来第二个，我则是在隔壁排的最后一个座位。

因为很紧张，我完全不敢看井上那个方向。

今后这一年都要像这样跟他在同一间教室里度过吗？

不行，我不能再软弱下去了，因为这是神赐给我的机会。

这次我一定要尽量找井上说话，努力跟他熟识，还要让井上叫我的名字。

一开始是姓……啊啊，然后……然后，总有一天……

“……琴吹同学。”

“是、是的！”

我慌张地站起来。

在我发呆时，似乎已经轮到我做自我介绍了。

讨厌，出糗了，真丢脸。

我咬着嘴唇，眼旁肌肉绷紧，装出不慌不忙的样子。这样大概会让我看起来很凶，不过就算这样也没办法。

光是想到井上在看我这边，我的心脏就快要跳出来。虽然脸颊发烫，却没办法拿出笑嘻嘻的和善态度。

不过，这是我期盼已久的重要时刻。

井上跟我共处一室，他正等着我说话。

我挺直身体，对着三十四位同学之中的一个人开口。

为了把我的名字告诉那个人，同时也全心全意地祈祷那个人有朝一日能够叫我的名字。

我为了掩饰发抖的声音，用凶悍的语气说出……

“我是琴吹七濑，今后请多多指教。”

附录　七濑一年级的月历　　Nanase Calendar

4月　跟井上重逢了～
o (*^ ▽ ^*) o ~♪

5月　他不记得我了……
(。; _; 。)

6月　井上和天野学姐手牵着手！
Σ (￣□￣ |||)

7月　织女啊，让我有勇气跟井上说话吧。
★彡 (—//—)

8月　放暑假……井上在做什么呢？
(@^ ^@)

9月　在班际球赛时，我偷偷帮井上那队加油了！
o (> <) o　o (> <) o

10月　跟井上擦身而过！
(\ \ ▽ \ \ )

11月　文化祭。井上一直和天野学姐窝在教室里。
" (` へ′ #)

12月　圣诞节……希望有天能跟井上一起过。
★ (^^) ／＼ (^^) ★

1月　今年……不能只是看着，要更努力一些……希望啦。
|—. ;)

2月　没有送出巧克力啦！
(> <。)。。

3月　好想跟井上同班啊～
(￣・￣)

其二　讨厌的隐情

晚安～七濑，我是夕歌 （★^ ^★）

刚才我跟男朋友在看电影，现在刚进餐厅。

他被电影结局感动到流泪，还眼眶红红地跑进厕所，好像很不好意思被人看到他在哭。

总觉得这样好可爱，好让人疼惜喔 （@^ ^@）

嘿嘿，忍不住就炫耀起来了。

七濑那边怎么样啦？顺利地跟井上说话了吗？

星座运势说今天是处女座的幸运日喔。

如果能像昨天在电话里仿真的样子就好了。

真希望七濑和井上，还有我和男朋友可以相偕去约会呢～o（^0^）o

我等着你的好消息唷 （^＿<）☆

我是七濑 （T△T）

呜呜呜呜呜呜呜呜呜呜，我又瞪了井上啦～～～～～

对不起，对不起，亏你还陪我练习到那么晚。

我本来打算很自然地问他作业写完了没，

可是井上看着我的时候，我的脸就呼呼发烫。

结果不小心瞪了他啦～～～～

我一定被他当做母老虎了～～～～～～ o（；△；）o

好不容易才跟他同班的说……

都已经五月了，竟然连一句早安都没跟他说过 （＞＜。)。。

如果就这样过完一年该怎么办啊？

“七濑，你会对班上哪个男生有好感吗？”

小森突然这样问我，害我吓得心脏差点跳出来。

放学后。

外面突然下起雨，天色变得昏暗。只有女生聚在教室里，说着“先等一下看看雨会不会停”，扯些无关紧要的闲话时……

“我当然会选芥川。他成熟又可靠，长相和头脑都好，很完美对吧！我从一年级跟他同班时就很崇拜他，今年又是跟他同班，真是太幸运了！”

提出这个话题的小森一脸迷恋地说。

在小森旁边的绘里也叫道：“咦？不行不行，我已经看中芥川啦。”

“喔，绘里也对芥川有兴趣啊？”

“呜呜，小森也喜欢芥川吗？那我们就是对手了。”

“等一下，我也觉得芥川很不错耶。”

“哇！美贵也是吗？也就是说有三个人啰？”

“太好了，我喜欢的是广崎！没有人跟我抢！”

“哎呀？铃乃看上了广崎啊？”

“嘿嘿，我对活泼的男生最没抵抗力了。其实，我们还约好下周六要一起去看海豚喔！”

“咦——”

“什么时候的事啊？”

听着大家叽叽喳喳地聊着，我越来越觉得呼吸困难，手心冒出冷汗。

在制服缎带之下，心脏发出扑通扑通的声音。

怎么办？怎么办？我要怎么回答呢？

我喜欢井上的事只有不同校的好朋友夕歌知道。

井上根本完全没注意到我。如果我偷偷喜欢他的事情曝光了，不是会给他带来麻烦吗……

是啊，今天也一样……

我隔着裙子紧紧握住口袋里的五百日元硬币。

那是我在今天早上跟井上讨来的五百日元。

“给我四百六十日元。”

“什么？”

“昨天那本‘不小心摔破’的书的赔偿金。”

我把手伸到井上面前，像在瞪人一样看着他说。他睁大眼睛，然后露出很困惑的表情。

弄破书的人又不是我，是远子学姐啊……他还这样低声抱怨。

“我总不能向天野学姐要赔偿金吧？井上，你要帮学姐付钱。”

我到底在胡扯些什么啊？我红着脸偷偷想着。

就算再不讲理也得有个限度，可是事到如今已经不能回头。

而且，之前还有个一年级的女生经常来找井上……

那个女孩——竹田千爱，这阵子每天都来教室找井上，还会用哇啦哇啦的高分贝声音叫他“心叶学长”，像是在跟他撒娇似的。

而且他们两人老是在走廊的角落偷偷摸摸地说话……井上很不好意思地把信拿给竹田，竹田接了过去，还笑得很开心。

今天班上男生还调侃井上说“这么快就钓到高一新生，看不出来你这么行耶”，井上只是静静地笑着回答“不是你们想的那样啦”。

看到他那种做作的浅笑，我就莫名其妙地火大，心中涌出一股无法解释的怒气，所以忍不住欺负了井上。

平时我明明连简单的问候都说不出来……

“嗯……琴吹同学，你不觉得这样很奇怪吗”

“一点也不会。”

我撅着嘴果断地回答。

不对，太奇怪了，我真的很奇怪。

虽然我也在心中这样吐槽自己，但我的表情一定强硬到极点，口气大概也很刺耳、很冷漠。

井上可能是被我的态度吓到，所以从钱包里掏出五百日元硬币，交到我的手上。

被井上手指碰过的五百日元……

他深深鞠躬，客套说着“我们的社长给你添麻烦了”的模样和声音，让我鼻里发酸，差点就要哭出来。

如果稍微放松，好像会露出脆弱的表情，因此我咬着嘴唇，紧紧握着五百日元硬币。

井上抬起头来发现我还是纹风不动地站着，露出讶异的眼神，像是在说“你怎么还在这里”“应该没事了吧”……这样的表情。

啊啊，我一定得说些什么。

“……喂，最近常有一年级的学妹来找你，你跟她在交往吗？”

不对！我真正想问的才不是这种事。

我只是想问“你还记得我吗”，只是想跟井上普通地聊一聊，却表现出一副像是在找碴的样子。

“你是说竹田同学吗？我们没有在交往啊。”

“是吗？那个学妹也是图书委员，我认识她。她看起来像个傻女孩，很像那种有恋童癖的人会喜欢的对象。你们真的没在交往？”

我现在的表情一定很吓人。

井上微微一笑。

“我只是受远子学姐所托，担任竹田同学的咨询老师。”

看着他那种仿佛只想尽快结束话题，什么都不在乎的虚假笑容，我又觉得胸口刺痛，满心懊恼。

井上并没有认真跟我说话。

“算了……你跟谁交往都不关我的事。不过，既然你们没有在交往，就不要暧昧地在走廊上亲热幽会。你们太吵了，有够碍眼。”

我用无比冰冷的声音说完，就抓着五百日元硬币回自己的座位。

“好，接下来轮到七濑。”

听到大家笑着把话题转到我身上，我的胃都要痉挛了。

大家都用兴趣盎然的表情看着我。

我明明对井上说过那么刻薄的话——现在实在说不出我喜欢井上。

“我……”

喉咙好干，声音也变尖。

“我没有喜欢的人，可是有个讨厌的人……”

对，不能让大家发现。

“什么，是谁？”

我板起硬邦邦的脸孔，说出那个名字。

“井上心叶。”

话一说出来，心脏痛得几乎裂开，耳垂也热起来。

大家都睁大眼睛。

“为什么？井上待人很亲切，不像是惹人厌的类型啊。”

“就是啊，他看起来不带任何攻击性，就像空气一样吧。”

“虽然他个性呆板，不怎么起眼，不过仔细一瞧长得还满可爱的。”

“没错没错，他说话的语气也很温柔，总是笑眯眯的，感觉很不错呢。”

总是笑眯眯？感觉很不错？

或许真是这样，我们班上大概没有人会讨厌看起来乖巧又随和的井上吧。

可是我第一次见到井上时，他的笑容更开朗、更幸福，感觉很温暖，充满喜悦，才不像这种硬挤出来的僵硬笑容。

一想到这里，我又觉得心情动荡。

井上……

真正的井上……

我在那年冬天一直看着的井上……

跟那个女孩在一起的井上……

“就是那样才让我觉得恶心。老是露出那种虚伪的笑容，完全搞不懂他在想什么，看了就讨厌。”

够了！为什么我说的尽是这么伤人的话呢？但我就是停不下来。

我想，这一定也是我的真心话。

井上变了，我觉得好懊恼、好难过，不可原谅——可是，这分明只是我单方面的期望，明明是我自己要喜欢井上的。

这时传来“喀啦”一声，教室的门被拉开。

我顿时停止呼吸。

完了，站在那里的就是井上。

井上看着鸦雀无声的我们，露出慌张的表情。

“咦？你们还没回家啊？对不起，我是不是打扰到你们？”

大家都偷偷地转开目光，我则是脸红发烫地瞪着井上。

心脏扑通扑通跳得快要飞出来，我的视线却一秒也离不开井上。

我不敢眨眼，甚至无法呼吸。

井上不好意思地说“我忘记带课本回家”，一边走到自己的桌旁拿起古典文学课本放进书包，然后看着我们笑了笑。

那是让人感觉很舒服，又像演戏般的笑容。

“我走了，大家再见。”

门关了起来，井上消失在我的视线之外。

“哇！吓死人了！”

“不知道井上有没有听见我们说的话？”

“怎么会？真是这样的话，他应该没办法若无其事地走进来吧。”

“……”

我咬着嘴唇沉默不语。

小森看到我这模样，爽朗地拍拍我的肩膀说：“没事的啦，七濑。井上应该没有听见。”

我口气不悦地说：“无所谓啊。就算被讨厌的人听到，我也不在乎。”

如果真的能不在乎就好了。

“反正我讨厌井上。”

如果真的能讨厌就好了。

“讨厌死了。”

这样的话，我就不会难过得像是心脏要裂开似的，也不会讨厌自己了。

讨厌死了。

我最讨厌的就是没有勇气、优柔寡断、懦弱没用、只说得出违心之论的自己。

放在口袋里的五百日元，想必我一辈子都不会用掉。

附录　某一天的七濑　Nanase Note

啊，是井上！
(〃▽〃)☆

他跟一年级的女生在说话！两人好像很要好！
(; 。□。)

他、他刚刚拿信给她了！难道是情书?
Σ (￣□￣ |||)

竟然在走廊上打情骂俏，真叫人生气！
(((p (> o <) q)))

我讨厌井上！
" (丶 ヘ′ #)

讨厌，讨厌，讨厌！
(*丶 ε′ *) ／ ＿ 彡☆

可是……我还是喜欢他。
(; ＿;)

其三　明天一定会……

我是七濑（；_；）

今天的班会课决定文化祭要办的活动了。

是漫画吃茶店耶（′△｀）

只是从家里带漫画来，放在书架上而已啦！

饮料也是自助式的，只要准备纸杯和红茶包，还有速溶咖啡。

太偷懒了！　。((＞＜。)) ((。＞＜))。

这样看来，一下子就能准备完毕。

附注：

你好像忙着打工和学唱歌呢。

我在你手机的语音信箱留下加油的留言（*^^*）

不要太操劳啰。

谢谢你留言帮我加油（^_<）☆

见不到七濑和男朋友虽然有点寂寞，不过唱歌方面

有天使在帮我上课，所以准备得很充足。

文化祭的活动真是可惜。

难得有跟井上熟起来的机会呢。

你干脆认命地去告白吧（^▽^）

营火晚会之后的时间是很罗曼蒂克的唷！

明天打工之前我会再打电话给你的 (^_^)/

◇　◇　◇

“小七濑，我有事想拜托你。你能不能参加文艺社的戏剧演出呢？”

远子学姐露出红茶热气般的温暖笑容这样问我，这是在秋天刚到的时候。

“咦？我、我吗？”

正在图书馆柜台工作的我被这突如其来的请求吓一大跳。

远子学姐笑得更开心了。

“是啊，我想在文化祭时演出话剧，可是文艺社成员是贵在精而不在多，演员人数‘稍微’不足，所以我希望你能够来帮忙。”

“这怎么行！我不太敢在众人面前说话，而且我念台词时一定会吃螺蛳。虽然这是远子学姐的请求……”

“你参加演出的话，心叶也会很高兴的。”

我正打算拒绝，但是远子学姐一说出井上的名字，我就脸颊发热，连话也说不下去了。

我参加文艺社演出的话，井上会很高兴？

不，绝对没有这种事。

因为井上很怕我。这种局面是我自己造成的，所以也无可奈何。

在开始放暑假的前不久，我因为脚骨折而住院时，井上特地带了满天星和粉红玫瑰花束来探望我，可是我却对他很不客气。后来小森她们来了，发生了一些事，井上便气冲冲地离开。

因为那女孩——井上美羽的书突然出现，井上当然会失去冷静。

不过井上之后又来探望我。

上次他是跟远子学姐一起来的，可是这次他却是一个人来，还很不好意思地向我道歉："对不起，上次我突然跑掉。"

可是我心里七上八下，所以很惊慌地说："讨厌，你来做什么啊？讨厌、讨厌讨厌，妈妈他们就要来了，你快走啦！"

我就这么把他赶出病房。

因为自己的愚蠢，让我的心情降到谷底。

我很担心井上会不会生气，所以打电话跟远子学姐商量，她建议我说："那你要不要寄暑期问候信给心叶呢？在信里轻松地道歉就好啦。"可是，我没有勇气寄信给他。

写了道歉话语的牵牛花彩绘明信片，如今还原封不动地放在我房间的抽屉里。

后来第二学期开始，我跟井上之间的气氛还是很僵，甚至早上也没办法开口打招呼。

这一切都是我的错……

总而言之，我参加演出的话，井上绝不可能感到高兴。

可是……

心脏一直发出"砰咚砰咚"的巨响。

如果我参加文艺社的话剧演出，跟井上在一起的时间就会比以前多，说不定还能以平常心跟井上聊天。

对，我不会再像过去那样只是害羞地转开脸、口气不善地回他的话，而是能自然地笑、自然地找他说话。

至、至少可以……当个朋友……大概吧。

“那就拜托你啰，小七濑。”

当我回过神来，自己已经鞠躬说：“是、是的！那就请你多多指教！”

我可以在文化祭跟井上创造共同的回忆了！

远子学姐走掉以后，我像泡热水澡一样，全身笼罩在暖洋洋的喜悦之中。

我真是太现实了。不过我还是好开心，笑得嘴都合不拢。

会演什么戏码呢？如果是经典的《罗密欧与朱丽叶》该有多好啊。

我在柜台后面的闭架图书室里一边搬书，一边为甜蜜的想象心跳不已。

内容太让人害羞了，我就连对好朋友夕歌都不敢说。

那是打扮成罗密欧的井上，和穿着朱丽叶装扮的我演出爱情戏。

“讨厌！笨蛋！我在胡思乱想什么啊？”

我在接吻的前一秒钟清醒过来，然后抱紧书本，面红耳赤地独自慌了手脚。

我只是社长远子学姐找来帮忙的外人，怎么可能当女主角嘛，脸皮再怎么厚也得有个极限啊。要说话剧，我也只演过《国王的新衣》里面的村姑B而已。

“笨蛋笨蛋！”

这时我突然发现背后有人，吓得心脏差点停止。

“琴吹学姐，这本书是放在这边吗？”

那是跟我一起值班的一年级男生。

我很不耐烦地说：“是啊，上面不是贴了‘闭架’的贴纸吗？”

我刚才的举动没被他看见吧？我一个人抱着书团团转，自言自语……

我偷偷观察着臣，他只是默默把书放回书柜。

他本来就是没什么存在感、话也很少的男生，平时总是默默地工作。他一定什么都没看见，什么都没听见吧。

对，就当做是这样吧。

我感到放心，同时也冒了一身冷汗，偷偷溜回柜台。

几天后，跟我想的一样，井上一看见我，眼睛就睁得像碰上了疯狂杀人魔。

“干吗啊？我是因为远子学姐的请求才答应参加的，跟你一点关系都没有！”

啊啊……我又乱说话了。

而且以前纠缠过井上的高一生竹田千爱，也在话剧演出的成员中，还跟井上亲密地勾着手，用卡通人物一样的声音甜腻地说

“因为我和心叶学长感情很好嘛”。井上虽然好像有点不知所措，但也没有挥开竹田的手。

早在以前她直呼井上“心叶学长”的时候，我就觉得很不高兴。

我还暴躁地怒吼：“你们是要亲热到什么时候啊！”

要不是远子学姐巧妙地缓和现场的气氛，我或许会耐不住羞愧而逃走。

在远子学姐温和的带领之下，事情渐渐有了进展，她说明了话剧内容，也决定角色的分配。

演出的戏码是武者小路实笃的《友情》，我的角色是主角野岛单恋的对象，也是野岛好友大宫暗自爱慕的女性——杉子。

也就是说，杉子是女主角啰？

不可能的！女主角当然是远子学姐……

可是远子学姐朗声说道“小七濑一定可以演出很精彩的杉子，要不要试试看呢”，令我实在没办法拒绝。

“好、好的。”

所以我点头答应了。

远子学姐则是要反串男主角野岛。

原本是井上要饰演野岛，跟我一样被拉来支持演出的芥川则饰演大宫，可是井上却抱怨说他不想当主角。

坦白说，我好失望。

因为决定由我演出杉子一角时，我还偷偷期待着井上会饰演野岛……

虽然杉子爱的人是大宫，但是如果井上饰演大宫，我一定会对他表现出太多好感，没办法认真演戏。

我一定会用无法压抑的爱慕眼神看着井上，而不是大宫。

就这点来看，他还是演野岛比较好，这样一来我只要跟平时一样装出讨厌他的样子就好。

还不只是这样。如果井上饰演野岛就会喜欢杉子，就算那只是演戏。

我的心中开始妄想着这个场面，心脏立刻狂跳得几乎蹦出口中。

可是，还是没办法。

井上饰演的早川戏份很少，不过基本上还是野岛的情敌，所以早川也是爱着杉子吧？虽然他不像野岛要演出对杉子非常迷恋、满是妄想的情节。

话虽如此，在远子学姐解释剧情给我们听的时候，我还是觉得野岛是个喜欢自作多情的跟踪狂，而且自以为是的生气、烦恼，是个糟糕透顶的家伙。可是，现在的我不也是一样吗？

啊啊，真是太丢脸了。

我晚上打电话给夕歌说了这些事，她笑着回答“恋爱就是这回事嘛”。

“丢脸又有什么关系？做得到的事情都尽其所能、努力去做的人才会成功。再说，我从来都不曾觉得爱着井上的七濑哪里丢脸，七濑是全世界最可爱的！”

她这样鼓励着我。

夕歌真是成熟。我好崇拜能这样思考的夕歌，如果我也能变得像夕歌那样就好了……

隔天，班上的朋友们突然围过来质问我。

“七濑，听说你要在文艺社的话剧里跟芥川演出亲热场面?”

“你太诈了啦!”

“好好喔，七濑，竟然可以演芥川的情人。”

她们到底是从哪听来的?是竹田说出去的吗?真是多嘴。

我面红耳赤地反驳。

“我才不是演他的情人咧，而且也没有亲热场面啦!我、我会演出话剧只是看在远子学姐的面子!真的只是因为这样，跟谁演对手戏都无所谓，也没有其他理由，你们不要想太多啦!”

结果小森她们呆了一下，表情就突然温柔到恶心的地步。

“啊，就是说啊，七濑不可能跟芥川怎样啦。”

“嗯，因为七濑……”

“是啊是啊，七濑很安全啦。”

“加油喔，七濑，我会支持你的，希望你能顺利。”

她们还拍拍我的肩膀。

为什么说我很安全?能顺利是说演出话剧的事吗?虽然心里冒出各种疑惑，但是大家高兴成那样，我根本没机会询问。

唉，可是我真的好希望至少能别再板着脸跟井上说话啊……

上课时，我一直担心地想着这些事。

万一井上被竹田缠上，我一定会很生气。对，如果是远子学姐还没关系……

这时我突然一阵心痛。

一旦发觉自己心痛，胸中就更深更重地痛了起来，甚至喘不过气。

就算对象是远子学姐，我还是不想看到井上跟其他女生交往……

可是也不知该说亲密还是不客气，井上只会对远子学姐直截了当地说话，远子学姐也都笑眯眯地接受这种态度。

远子学姐漂亮温柔，腰比我细，脚的尺寸也好小。

如果只是学姐学弟，他们的交情也太亲密了，还曾经手牵手。说不定他们早就开始交往，只是我不知道罢了……

全身血液仿佛瞬间退去。

这样不行啦！该怎么办啊？

“咦？小七濑，你没睡饱吗？”

隔天的下课时间，我在走廊遇到远子学姐，她这样问我。

“……因为在想一些事……所以睡不着。”

“如果有什么烦恼，可以跟我商量看看啊。”

“呃……”

远子学姐拉着手足无措的我，把我带到没人的地方。

“好，全都告诉我吧。”

“那……远子学姐，你有男朋友吗？”

“啊？”

远子学姐的眼睛睁得浑圆，我焦急地继续追问。

“像远子学姐这样的人，一定不可能没有男朋友吧？男生不可能对你无动于衷吧？”

“就、就是说啊，像我这种文学少女当然会有男朋友。

嘿嘿……”

“果然……”我的心脏紧紧缩起，“是、是怎样的人呢？”

远子学姐虽然挺着胸膛，目光却好像飘来飘去。

“他很适合白色围巾……”

白色围巾？井上好像挺适合的。

“性格清爽又开朗……”

井上跟其他男生不同，感觉非常纯洁，而且他以前也很开朗。

条件越来越符合了，他们两人真的是情侣吗？

“那那那那那他是我们学校的人吗？”

“呃，他、他在北海道啦。”

“北海道？”

远子学姐的目光更加闪烁不定，脸也变红了。

“是啊。他在北海道猎熊，所以没什么机会见面……可是他上周寄了盐渍鲑鱼过来，非常好吃喔。”

说到最后，她还害羞地笑了。

在猎熊的男朋友是怎么回事……

可是，新闻也经常看得到熊出现在大马路上引发骚动，或是在山上捕获熊之类的消息，所以也不是不可能。

既然是在北海道当猎人的男朋友，那绝对不会是井上，而且远子学姐也不可能再跟井上交往。这样说来，远子学姐跟送鲑鱼的男朋友在谈远距离恋爱当然是最好的。嗯，就是这样！

太好了！

远子学姐有相亲相爱的男朋友！

太好了！太好了！

“谢谢你，文化祭时我会加油的！”

“啊，小七濑！”

对远子学姐鞠躬之后，快步跑回教室的我开心得像是飞上天。

夕歌，我会加油的！

隔周，我在排演话剧之后，战战兢兢地捧出在家里烤好的饼干。

附录　某一天的七濑　　Nanase Note

我决定要烤饼干哟！
＼（='▽`=）／

井上会不会夸奖好吃呢～
(@^_^@)

来做心形的好了。
（＼＼▽＼＼）

也写些“love”之类的字吧。
o（≧▽≦o）（o≧▽≦）o

如果他讨厌甜食该怎么办？
！Σ（￣□￣lll）

那、那就做比较酸的饼干吧，还要做姜汁口味的。
q（··；q）))((((p；··）p

做好啰！
＼（*^▽^*）／

希望井上会喜欢。
（；－人－；）☆

文学少女和玷污名声的诗人（中也）

最近我被女朋友冷落了。

“而且啊，七濑很没有精神耶，她中午只吃半个菠罗面包。大家很高兴地在聊连续剧的话题，她也一直发呆，还低头露出快哭的表情。”

“……”

“她从第二学期末开始就不太对劲，会一个人在晚上跑出去，她的家人还打电话给我耶。”

“……”

“她在正月初还从医院的楼梯摔下去，然后就住院了。”

“……”

“好不容易痊愈之后开始上学，接着又换井上开始不来学校，有人说他是在看护亲戚家的小学女生。那阵子七濑每天的脸色都好阴沉。”

“……”

“井上回学校以后好像变得更开朗了，我也松一口气，不过他最近似乎又开始在烦恼什么。啊——我好操心喔！七濑什么都不跟我说。”

“……喂。”

“我觉得硬要问也不太好，可是七濑这个人啊，如果我不逼她说，她就会自己躲起来烦恼，真是叫人担心。”

我不高兴地喃喃说道：

“栗子。”

始终对路边呼啸而过的车声、后面铃铃作响的自行车铃声、我这男朋友的声音完全充耳不闻的森，此时却用双手塞住耳朵“哇啊啊啊啊啊”地惨叫，蹲在人行道中央。

“讨厌讨厌，太过分啦，亮太！”

我继续对泪眼蒙眬的森放话：“我哪里过分啦？栗子。我老妈之前还问我栗子小姐是不是秋天出生的耶，栗子。喂，你是不是忘记我在旁边啦？栗树小栗子。”

森蹲在地上不停摇头。

“我不叫栗子啦！”

“那是叫小栗栗吗？”

“才不是！”

森眼角含泪，站了起来，橘色的围巾随风飘扬。

“虽、虽然是我自己在跟你家人打招呼的时候说……我叫栗子……”

森用倔强的表情瞪着我，不过脸立刻红了起来，害羞地扭着。

在去年十二月，我这笨蛋在严冬掉进游泳池而感冒，来探望我的森穿着一身比基尼配荷叶边白围裙的打扮跟我家人（妈妈和妹妹）见面了。

老妈和老妹都僵着表情说不出话。

那也是应该的，毕竟她们一回家就在生病的儿子（哥哥）房间里看到一位穿着泳装和围裙的女生。

我和森也脸色发青地呆在原地。我从没有过那种让人胃壁紧缩的经验，以后想必也不会有。

房间里流过漫长的沉默以后，老妈才以拔尖的声音问："亮、亮太，这位是?"

"啊……那个，是我的女……女朋友。因为我感冒了，她很担心，所以来照顾我，而且……"

"打打打打打打扰了，我叫森……"

她慌张地并拢膝盖坐正（但是穿着泳装和围裙），挺直腰杆（但是穿着泳装和围裙），对我老妈她们礼貌地鞠躬（但是穿着泳装和围裙），不过，招呼打到一半声音就哽住了。

"森……"

过了一秒、两秒、三秒、四秒，她从脖子红到耳垂，害羞到胸口起伏、肩膀紧缩，最后小声地说："森……森栗子。"

她这么说完以后，好像自己也觉得大事不妙。后来她的头一次也没抬起来过。

"喔，是森栗子小姐啊。你为什么穿着泳装呢?"

就算老妈这样问。

"请你老实说，我们家亮太做了什么?"

或是这样问。

"啊……这个……呃……"

她还是只发得出像梦话一样没有意义的声音。

在一边听着的我，也觉得体温瞬间提高了十度左右。

森像逃命似的跑回家以后，老妈一脸凶悍、老妹态度冷淡地对着意识模糊躺在棉被里的我说：

“亮太，你给我像个高中生一样正常地交女朋友。”

“……哥哥好变态。”

后来我在家里简直被当做大型垃圾。老爸大概听老妈说了，都用奇怪的眼神看我，在读初中的老妹显然还很讨厌把她的衣服跟我的一起洗。

“因为、因为……我没想到会穿着那种衣服跟你家人打招呼，一点心理准备都没有嘛……在那么尴尬的情况下，我哪里说得出自己的名字啊！所以我才想说用开玩笑似的假名就好。而且那已经是一个月前的事，现在我更说不出本名啊！”

森红着脸辩解。

“是吗？我可是直到现在都被老妹叫做爱玩cosplay的死变态喔。”

“呃！”

森或许觉得自己也有责任，所以说不出话。

“你……你那时不也是一副开心的样子吗……”

“呃……”

这次换我说不出话了。

“对了，原本就是你吵着要看泳装啊！”

“因为我喜欢泳装啊！这比收集运动裤或是喊着‘不是护士服才不萌’的人还要正常吧？而且是红乐乐自己任性地说没有泳装就不给我亲啊！”

“啊啊啊啊啊啊啊啊啊！笨蛋笨蛋笨蛋！你刚刚叫了红乐乐啦！而且我才不是说没有泳装就不行，我说的是想要在黄昏的海边亲啦，这是少女的梦想嘛。”

“你是红乐乐，叫你红乐乐有什么不对？少女红乐乐。是说，你干吗在打招呼时说自己叫栗子啊？”

“不管是红乐乐还是栗子都不准叫啦！亮太，你最近很爱欺负我耶！”

“欺、欺负人的是红乐乐吧？”

“讨厌！你又叫了！胡说什么啊，我哪有欺负你？明明是你满口‘栗子、栗子’地叫我！”

“因为栗子一直满口‘七濑、七濑’，不停说琴吹的事。我光是今天，已经听到一百次‘七濑’了。”

糟糕，我好像越讲越不客气。

森绝对不是听不进别人说话的霸道女生，如果是自己有错，她一定会直率地认错道歉。但是她今天却板起面孔，而且脸颊还鼓得好高。

“我真搞不懂你，难道我不能提朋友的事吗？”

“让人搞不懂的是你吧？仔细想一想自己刚刚的言行举止。”

“我又没做什么。”

“你明明忽视我了啊。”

“什么嘛，真像个小孩子。”

我心想还是快点打住比较好，可是却停不下来。

“不管啦，总之不要在我面前提琴吹了。下次你再说‘七濑’，我就要连叫十次‘红乐乐’！外号栗子的森红乐乐！”

“呜呜……真过分，你太过分了！亮太大笨蛋！”

森真的气炸了，在我的胸口猛敲一阵之后就转身跑走。

我心情苦闷地看着那短短的马尾一边跳跃一边离去。

“混账，这家伙忘记下周就是情人节了吗？”

是啊，我们交往之后的第一个情人节就快到了。

我和穿着泳装与围裙的森之间的气氛正好，就快要亲到时老妈却突然闯入的那件事发生以来，已经过了一个多月。

我身为一个健康的高中男生，怎么可能乖乖咬着手指等待夏天到来？

虽然夏天的艳阳可以让情侣们的感情加温，但冬天也是不能割舍的。

首先就是圣诞节！飘着细雪的圣诞夜！在彩色灯饰的照耀之下嘴唇轻轻相叠，那不是很棒吗？

我胸有成竹地制定计划，比准备考试更有冲劲地在杂志和网络上调查，找了最适合情侣过圣诞夜的约会地点。

但是这些地方到处都是比我们更老练的情侣，前面有人搂搂抱抱，后面有人打情骂俏，不管往哪看都是让人想要大吼“你们这些家伙在大庭广众之下搞什么鬼啊”的景象，所以我和森都受到甜蜜闪光的强烈攻击。

我们根本没心思在彩色灯饰下浪漫地聊天然后接吻，只能尴尬地看着脚下。

“……起风了耶，差不多该回去了吧？”

“呃……嗯。”

结果交谈几句后便悄悄离开。

就算这样，还是可以在临别时亲吻——不过我在送森回去的路上踩到狗屎。

“哇！搞什么啊！”

“啊啊啊啊啊！亮太，连裤管都沾到啦！狗屎沾上去了！”

初吻的浪漫气氛完全被破坏。

即使如此，我还是没有放弃。

既然是日本人，与其挑圣诞节还不如挑正月！我要在元旦那天接吻！

我以全新的心情迎接新年参拜，不过这次的下场还是很悲惨。

在客满电车般的拥挤人潮中……

“亮太——”

“森——”

我们就像被命运拆散的悲剧情侣一直被冲散，手机又打不通。我以为抓到森的手，没想到竟然抓错人，结果被当成色狼，还被旁人白眼。放着压岁钱的钱包也被扒走，新年才刚开始我就觉得欲哭无泪。

“亮太，打起精神啦，我请你吃豆粉麻糬。啊，我们也去抽签吧，我帮你出钱。”

我像个窝囊小白脸用森的钱抽来的签，果然不出我所料是个“凶”。

“啊哈哈，上面说要小心失物呢。这个签还真准。”

森的安慰（算吗？）只是让我的心情更低落罢了。是说在我掉东西以后才叫我小心，这也说得太慢了吧！神啊！

当然，接吻的气氛也都没了。

难道我今年会一直带衰？不行不行，绝对不能认输！我还有机会。

对了！要说情侣的大日子，当然是情人节啊！

就算圣诞节失败，新年参拜也失败，我还有情人节啊！

情人节才是我跟森的初吻纪念日！

我振作起渐渐消沉的心情，决心要在情人节跟森拉近距离……

结果新学期开始之后，森却一直丢着我不管，只顾着琴吹七濑。

不过的确啦，井上好像为了去看护亲戚而没来学校的那阵子，琴吹看起来都是一副没睡饱的模样。虽然她本来就算不上开朗，脾气又坏，但是那段时间她凶狠的眼神都变得黯淡无光，无精打采地垮着肩膀。

而且她经常在教室的角落跟芥川说悄悄话，所以喜欢芥川的女生和喜欢琴吹的男生都很嫉妒。

“那两个人该不会在交往吧？还有文化祭的话剧，要跟芥川演对手戏的人原本就预定好是琴吹了吧？”

我听到了这种话。

还有人说“琴吹该不会怀了芥川的孩子吧”这种蠢话，如果森听到一定会爆发，说不定会演变成不可收拾的事态，所以……

“啊，脚滑了一下。”

我踢了那家伙的屁股制止他说下去。

我从森透露的消息知道琴吹喜欢的是井上，所以那时也只是觉得琴吹大概很担心井上。那么，直接去医院不就好了吗？

后来井上平安地回来上课，我觉得琴吹也恢复精神了，不过森好像不这样想。

琴吹不是从以前就老是整天摆出不耐烦的臭脸吗？

我觉得重朋友和讲义气的确是森的优点，我也很喜欢认真关心别人、为别人全力以赴的森。

“可是凡事都得有个限度啊！我跟琴吹到底谁重要啊？”

我在黄昏的马路中央大吼。

但是我又觉得这样的自己很幼稚，不禁对着围墙垂下头。

“唉，这样下去，我们还能在情人节接吻吗……”

隔天，森在教室里见到我，立刻鼓着脸颊、板起脸孔，然后转身背对我。

我觉得像是被敲了一记闷棍，头脑呼呼发烫。

以前她无论多么生气，只要过了一晚就会消气，还会对我说“早安，亮太”，然后避开别人的眼光悄悄靠过来紧紧握住我的手，对我开朗地笑着。

难道是栗子和红乐乐的联合攻击太有效了？还是小栗栗比较糟？

我急得都要冒汗了，不过堂堂男子汉在这种时候千万不能丢脸。

很、很好！既然你要闹，我绝对不会先低头！是你先丢着我不管的啊！

我一脸不爽地回座位坐下。

不过我心里还是很在意，偷偷向森看了一眼。

结果我发现她很高兴地在跟琴吹说话。

琴吹对男生明明都是一副懒得理睬的死样子，对森却笑得那么开心。

唔……真叫人火大！给我离森远一点，琴吹！都是你把我害成这样！

我正在瞪琴吹时，摄影社的板垣跑过来。这家伙以前跟我推销过琴吹的泳装照。

“反町，怎么啦，又在看琴吹？你真的很喜欢琴吹耶。”

“混账！谁喜欢琴吹啦！”

他的误会让我忍不住大声咆哮，结果惹来旁人注目，令我不由得缩起脖子。

板垣又揶揄我一句：“你这家伙真不老实。”

真想直接揍过去，但我还是握着拳头忍住了。

我再次偷看森一眼，结果她又转开脸。

啊！真是够了！我不管你这笨栗子啦！

“在森先跟我道歉之前，我绝对不会理她！也不收她的巧克力！”

午休时间，我在校园中庭吹着二月的寒风，一边倔强地自言自语。

可是好冷啊，早知道应该穿外套的。

我一个人孤孤单单地在这里干吗啊？

我、我才不是为了让森方便开口叫我，所以一个人跑来这种安静的地方！

我也完全没有期待森会跟来的那种可悲念头！

混账，我走出教室时大声喊了“今天天气真好，我要去中庭吃饭啰”，森这家伙只顾着跟琴吹说话，都没听见吗？

我被萧萧北风吹得牙齿直打颤，一边屈膝坐在中庭的一角吃着长条奶油餐包的时候……

“反町同学？”

一个悦耳的声音传来。

我抬头一看，在外套上穿着双排扣大衣又围着白色围巾、绑着麻花辫的“文学少女”，怀里抱着一本薄书，愣愣地低头看我。

“天野学姐……”

“你在这里做什么？耐寒练习吗？”

“我是来吃饭的啦。”

“在这种天气？自己一个人？”

“就、就是突然有这种兴致嘛！学姐又是来干吗的啊？”

现在又没有花可以赏，也不是散步的好天气，不过我也没资格说人家啦。

天野学姐稍微转开目光，有点忧郁地回答：“我今天也想在室外吃饭。因为今天很冷，本来以为不会有其他人来……”

“可是你没带午餐啊？”

“……啊，对耶。”

她喃喃说着，轻轻地笑了。

嗯？怎么了？她好像没什么精神。

她的个性不像外表有文学少女的古典气质，老是活泼到让人头痛的程度，可是她今天却显得很落寞。那如梦似幻的眼神让我有点心跳加速。

这个人只要安静下来，就是个典型的美人呢。纤细、白皙又有女人味，该说会让人忍不住想保护她吗……

“……呃，这个，想要的话就拿去吃吧。”

我递出通心粉色拉面包，天野学姐有点惊讶地看了一下，便开心地收下。

“谢谢，我可以坐在旁边一起吃吧？”

“呃，好啊。”

天野学姐在我身边抱膝坐下。

她撕破面包袋，一小口一小口优雅地吃起来。

有好一阵子我们都只是默默吃着面包。

冷风从眼前扫过。

天野学姐一边吃面包，一边说：“反町同学，你跟森同学吵架了吗？”

“你、你怎么知道？”

“因为我刚才听见你大喊着不收她的巧克力。”

哇啊啊啊啊！我羞耻得脸都热了。

“你们发生了什么事啊？”

“没什么大不了的啦，只是森……”

我一直盯着前方，不高兴地说起先前的事。

天野学姐一边听着，一边频频点头，不过在我说完以后，她却叹了一口气。

“反町同学，你也有不对的地方喔。”

“咦咦咦咦咦咦！这是什么意思？不管怎么想都是森的错啊！”

文学少女严肃地摇头。

“不对，情侣吵架时两边都有责任喔。反町同学，等你冷静下来以后，再重新看看自己的内心深处吧，要不然会像中也那样失去情人喔。”

她一脸阴沉地说着不祥的话。

“中野是谁啊？”

我担心地问道，天野学姐把吃完的面包袋仔细折成条状，将夹在腋下的书放到腿上，翻开封面。

“中原中也是明治四十年（公元一九〇七年）四月二十九日生于山口县的诗人。

“中也的父亲是个医生，他是这富裕家庭的长男，在百般呵护之下长大。在中也八岁的时候弟弟生病过世，据说他以弟弟为题而写的诗，就是他最早的诗作。中也的诗总是带着一丝孤独和悲伤……从一开始就是这样。”

天野学姐以感触良多的哀伤语气，说着那个中野还是外野的事。

然后她闭上眼睛，悲伤地颤抖着。

“啊啊，中也的诗就像山药磨碎做成的虾丸。虾泥的甘甜和山药的柔软黏稠互相混合、交融，以太白粉勾芡过的冷高汤像是在舌上跃动，唤醒了哀伤。像是这首《此时此刻》……”

天野学姐的声音在寒冷的中庭里清脆响起。

此时此刻花如香炉飘香，
不知为何有此感触。
萎靡花朵与水声，
以及匆忙返家的人们。

泰子，现在我多么想静静地和你相伴。
在遥远天空飞翔的鸟，
也充满了纯真的心情。

虽然我听不太懂，不过中也感觉挺心酸的耶……在我这样想的时候，一旁的文学少女已经完全进入自己的世界，说得滔滔不绝。她这点倒是跟平时一样。

“真是一首沉静悲哀的诗啊……泰子是中也的情人，中也在十七岁时跟当时二十岁的泰子开始同居，十八岁便一起去了东京。

“可是泰子去东京八个月以后，转而投向日后奠定近代批评学的文艺评论家小林秀雄，中也就被女朋友甩了。

“中也始终怀着憾恨反复述说当时的心情。后来，他依次把这些青春的遗憾和绝望写成诗。像是《盲目的秋》《妹妹》《满子》《寒夜的自画像》《憔悴》《玷污的悲伤》——每篇都像虾丸里加的生姜一样，咬下去就渗出辣味和悲痛。吸收了高汤的虾丸那柔软与脆弱，以及轻淡而深奥的滋味也好悲伤……”

天野学姐又继续吟诗。

夜，美丽的灵魂在哭泣，
　　——即使她该当如此——
夜，美丽的灵魂在哭泣，
　　不如死去……如此呢喃着。

哇，更消极了。我总觉得胸口闷闷痛痛的……

天野学姐以忧郁的眼神看着我，把诗集推到我胸前。

“刚才那首诗叫做《妹妹》，据说是思念泰子而写的，不过泰子还比中也大三岁就是了。这首诗还没完，后面一定要读读看，其他的诗也是……这对现在的你来说是必要的。”

为什么？这话有什么根据啊？

是说我会像中也一样被森甩掉吗？森会移情别恋跟其他男生跑掉吗？

我非常不爽地收下诗集。

“午休时间也快结束了。谢谢你请我的通心粉色拉面包，吃起来就像奥德弗雷德·普鲁士勒（Otfried Preußler）的《鬼磨坊》（Krabat）一样带点酸味又神秘，包在味道质朴的餐包里真是好吃。”

天野学姐轻轻站起，整理一下裙摆。

“那个，天野学姐是不是也有心事呢？”

“呃？”

“总觉得你有点失落。”

天野学姐睁大了眼睛。啊，我是不是问了不该问的事？如果她真的开始跟我吐苦水，我反而会不耐烦吧……

不过，天野学姐立刻露出温暖的微笑。

“我有个很亲近的人……交女朋友了。对方是个好女孩，两人都很生涩害羞……所以我可能有点担心吧……”

她的声音很温柔。

然后她笑着说“那我走了”便离开。

很亲近的人是指谁啊？因为那家伙交了女朋友，所以她很失落？真是搞不懂。

算了，就算天野学姐一副优哉的样子，毕竟还是比我大，又是个考生，想必她也会有各种烦恼。

我就拿着天野学姐给我的中原中也诗集回教室。

◇　◇　◇

晚上，我躺在被窝里翻开诗集。

这是啥啊？陷入三角关系，同居对象跟其他男人跑了？喔，这家伙就是中也啊？看他长得像个女人，一定是个不干不脆的懦弱家伙。

我看着老旧的黑白照片，不太提得起劲地翻着。

没多久，就有一种说不上来的阴沉心情。

什、什么？这种好像黏在皮肤上的浓厚感觉是怎么回事？像是深深钻进柔软舒适的被窝而无法呼吸的感觉。

喔喔喔喔喔喔，文字敲在我的心上了！一边散发毒素一边渗透进去了！

尤其是这首《盲目的秋》——这家伙可不是在装模作样。

狂风吹袭，海浪翻腾，
朝着无限摆动手臂。

其间出现小小红花，
最终仍旧枯萎。

狂风吹袭，海浪翻腾，
朝着无限摆动手臂。

一开始我还能从容不迫地吐槽他“喂，好阴沉啊，中也”，但是……

人仅需自重！
此外一切都随他去吧……

自重，自重，自重，自重，
只有这样能使人不致沾染罪恶。

我开始不安地想着“喂喂，中也，你太激动了吧”。

我的圣母！
我已为你呕血！
你仍不肯垂怜，
我已山穷水尽……

看到这里，我不禁颤抖地想着“糟糕，中也，竟然吐血，真是太惨了”。

至少在我死时，
希望你能拥我入怀。
那时莫施脂粉，
那时莫施脂粉。

看到这边，我已经缩起身体想着“够了，快停止啊，中也”，但是眼睛却离不开文字。

只要静静拥我入怀，
凝视着我的眼。
什么都不要想，
纵使是为我而想。

只要悄悄地悄悄地含泪，
呼出温暖的气息。
——若是你愿流泪。

你大可倏然伏在我身上
从而致我于死，
我将安详踏上崎岖黄泉路。

喔喔喔喔喔喔，中也啊啊啊啊！没救了……这根本没救了嘛！

好可怕的诗啊，看得我全身都是冷汗。

我忍不住这么想，一边翻到下一页，又被《玷污的悲伤》搞得心情郁闷，《马戏团》的旋律“伊呀——伊哟——伊呀伊哟——”冷冷地在我脑中响起。

如、如果我被森甩了……我也会变成这样吗？

我也会在黑暗的房间里抱膝坐着，嘴里碎碎念着“伊呀——伊哟——”吗？

我有一种错觉，仿佛自己已经落到这个局面，顿时全身发冷。

但我立刻惊觉。

不行！我怎么能被这黑暗的中也世界拉进去啊！

不行！不行啊……

我怎么能念出“伊呀——伊哟——”这种话啊！

我阖起诗集，颤动着肩膀喘气。

“……啧，中原中也，你真是个难缠的对手。不过我才不会中你的陷阱！好，我明天要像个男子汉一样找森说话。我要跟她说，你的男朋友是我！别老是想琴吹，多注意我一些啊！”

我对着散发出阴沉气氛的诗集放话。

然后到了隔天，我急匆匆地走在冬天晴朗的通学路上，一边练习说着“你的男朋友是我！是我！”……

这时，后面有个声音在叫我。

“亮太——”

我回头一看，发现在闪耀的早晨阳光中，身穿深蓝短外套、围着橘色围巾的森，笑容满面地朝我跑来。

她那气喘吁吁、睁大眼睛、脸颊泛红的可爱模样，让我看得心脏猛跳。

不行，绝不能露出开心的表情，我要以男朋友的身份郑重声明——啊啊啊啊，她实在太可爱了！

森带着笑容跑到我面前。她柔软的身体往我贴近，甜美的香味飘来。

“森、森森森森森森！”

她把双手绕到我背后，紧紧抱住，害我的身体到处都热得像要沸腾。

这是什么情况？为什么她会这么高兴？

“告诉你喔！七濑跟井上交往了耶！”

我先是失望地想着“又要谈琴吹啦”，然后就吓了一跳。

“琴吹跟井上？真的假的？”

我知道琴吹喜欢井上，不过井上看起来很怕琴吹，而且我想琴吹那种个性也不可能去跟人告白，所以我完全没料到他们两人竟然会交往。

事情到底是怎么发展成这样的？

森很有感触地说：“真是太好了……井上终于明白七濑的心情……”

她把脸贴在我的胸前，开心地微笑。

这样的语气和表情让我好感动。啊啊，我还是喜欢森这种个性。

森更用力地收紧围在我背后的双手。

“亮太，先前的事对不起喔！我会在情人节时好好弥补你。”

世界顿时变成玫瑰的色彩。

森！原来你还记得情人节啊！

“是、是吗？红乐乐！”

“哎哟！不要叫我的名字啦！”

森红着脸捶打我胸膛的动作也好甜蜜。

哈哈哈，我已经不需要中也了。

◇　◇　◇

情人节当天，我在早就去过好几次的森的房间里，满怀期待着“就是今天”而雀跃不已。

终于来了，终于能跟森接吻。

我听到自己的心脏跳得砰咚砰咚响，浑身又热了起来。

啊啊，这条路好漫长，不过胜利的时刻总算到来了。不，现在还不能放松，一定要全力防止气氛遭到破坏才行。毕竟这对女生来说是一辈子的回忆，一定要来个让森感动到昏的无敌之吻。

我等了好一阵子，穿着荷叶边白色围裙的森用托盘盛着两杯咖啡走进房间。

“久等啦，亮太。”

“那、那件围裙就是你来探望我时穿过的对吧？”

我尖声说道，森立刻脸红了。

“讨厌啦，我今天又没穿泳装。”

她稍微掀起围裙下摆，露出白色迷你裙，上半身穿的是亮薄荷绿的毛衣。

“我、我知道啦。”

我的脸也烫起来了。

森红着脸把咖啡杯放在桌上，然后转身背对我。

“等一下喔。”

她在衣柜里东翻西找，然后拿出几个小盒子摆在我面前，每个盒子上都绑着红色或粉红色的缎带。

“嘿嘿嘿，这些全都是我要送你的情人节礼物喔。”

咦？这些全都是吗？太多了吧？

“打开看看啊，亮太。”

森笑嘻嘻地拉拉我的手，我拿起最旁边的一个，解开缎带。

装在第一个盒子里的是饮料罐形状的巧克力。

“喂，为什么是饮料罐？”

一般不都是心形吗？

“当然是有用意的。好了好了，快开下一个。”

“我知道啦。咦……西瓜？”

接下来是帆船。

接下来是长着椰子树的岛屿。

接下来是……

“杂草？”

“不对！是波浪啦！”

因为上面参差不齐，我还以为是寿司旁边会摆的竹叶……喔喔，原来是波浪。

“那么，看起来像鱼板的这个东西又是什么？”

森拿起半圆形的巧克力，露出甜美的微笑。

“是夕阳啊。”

我的心脏怦然跳动。

波浪！还有夕阳！

难道森这家伙……不，冷静点，有波浪、西瓜、饮料罐还有帆船，并不一定就是海边啊……不对，怎么想都是海边。

森害羞地凝视着我的眼睛，把夕阳放在波浪上。

最后出场的是巧克力色的海豚。

出现了！海豚出现了！

我的耳朵立刻呼呼发烫。

桌上躺着一幅太阳即将落下的滨海风光。

森一直看着我，脸红得像是沐浴在夕阳之下。

我也慌得无法冷静，胸中发出砰咚砰咚的巨响。

——初吻一定要在黄昏的海边啦。

时间仿佛静止，身体变得不能动弹。

森不好意思地笑了。

“嘿嘿嘿，今天这个房间就是黄昏的海边。”

我立刻看出她偷瞄着我的双眼好像在诉说什么，脑袋都快要沸腾了。

这这这这这是说，森也在等着接吻吗？

也就是说，现在、此时此刻，我可以亲她了吗？

可以吗？喂，真的可以吗？森？

我这超级可爱的女朋友诱惑般地叫着我：“亮太。”

喔喔喔喔，我快要晕了！

我颤抖着把脸贴近，她便抖动睫毛，闭起眼睛。

期待和紧张同时升到最高点。

成了！今天一定行得通！

你看到了没有，中也！我跟你是不一样的！

我才不需要“伊呀”或是“伊哟”，我就要跟森接吻了！

我是恋爱的赢家啊——

森的嘴唇带有一点巧克力香味，我的嘴唇终于要贴上那粉红色的柔软嘴唇——啊啊，就要贴上去了……

“姐姐，纱月尿裤子了。”

咦？纱月？尿裤子？

完全搭不上罗曼蒂克滨海风光的这句话让我顿时僵住，森也吃惊地睁开眼睛。

我们两个慢慢把头转过去，看见门边有位穿着初中制服的小鬼头和穿着幼儿园服装的小女孩。那是森的弟弟妹妹吗？

弟弟显然看见姐姐不可告人的场面，却冷静异常，脸上不带一丝表情，而被她弟弟牵着手的妹妹，则是穿着湿答答的粉红色裙子哇哇大哭。

“鲁！纱月！”

森猛然站起，冲向弟弟他们。

什么卤啊？这哪是日本人的名字？难道他的全名是卤肉还是卤蛋？算了，姐姐都可以叫红乐乐了。是说她弟弟真的叫卤吗？

鲁冷冷地说：“我想帮她换衣服，可是她又叫又闹。”

“哇！因为鲁是哥哥，哥哥是男生嘛。”

“嗯嗯，纱月。没关系，姐姐帮你换衣服喔。不好意思，亮太，我先离开一下。”

“呃……喔。”

我僵硬地点头。

结果，本来窸窣啜泣着的妹妹却盯着桌上的巧克力。

“姐姐，纱月也想要小海豚。”

“咦，我昨天不是给过你小熊和小兔子的巧克力吗？”

“人家比较喜欢小海豚啦！小海豚！小海豚！”

她哭丧着脸用力甩头，而且开始跺脚。

“那我等一下再做小海豚给纱月喔。”

“不要，人家想要这只小海豚！”

“哎，不可以这样啦，纱月。”

森好像很头痛，还偷偷瞥了我一眼。

我用充血发红的眼睛盯着她。

才不要咧！这只海豚是我的！这是森为我做的！可不是普通的巧克力海豚喔！这是连接了我跟森嘴唇的鹊桥！是恋爱的吉祥物！就算你说不定是我未来的小姨子，我也不会把它让给你！

啊啊，没错！我要拼上性命保护这只巧克力海豚！

如果这小鬼打算伸手拿走，我就要一口吃下去！总比被她抢走来得好！

我板起脸孔，全身紧绷，像是在说“我宁死也不会让你得逞”。

对付这种讲不听的小鬼就得用杀人目光……

但是下一瞬间，我的视线对上弟弟异常冷静的眼神，突然觉得很羞耻。

成熟一点吧，对方只是个幼儿园小孩，而且森也一脸无助地看着我。

“呃……好啊，拿去吧。”

我把装着海豚的盒子拿给她。

啊啊，我们的爱情使者……

“呜，咿咿……谢谢。”

妹妹哭着跟我道谢。算了，毕竟是未来的小姨子，我就忍住泪水，用宽广的胸襟对待她吧。

“……人家也要帆船。”

这家伙在十年后绝对会变成跟男人撒娇讨名牌包或首饰的小恶魔！

我咬着牙把帆船也给她了。

“对不起喔，亮太。”

“不会啦，我已经收到你的心意了。”

我挺起胸膛干笑，说出富有男子气概的台词……

“内裤湿湿的好难过喔……姐姐……”

结果也被这小恶魔妹妹的哭声抹消了。

你这家伙！刚刚不是还吵着要海豚和帆船吗？你根本忘记内裤湿掉的事吧！一定全忘光了！

“再忍耐一下喔，纱月。”

森像个好姐姐，牵着哭泣的妹妹走出房间。弟弟向我点个头后也走出去了，房间里只剩下我一个人。

我在等待时听见森慌张的声音，还有门和柜子开开关关、砰当作响的声音。

啊——又来了！我又亲不到啦！

这是中也的诅咒吗？我的脑海里缓缓冒出中也的诗句。

玷污的悲伤，
今天亦有细雪飘降；
玷污的悲伤，

今天亦有微风吹送。

哇啊啊啊啊啊！不要拉我去作伴啊！中也……

结果我今天还是没亲到森。

“真的很抱歉，亮太。”

送我到屋外的森也是一副垂头丧气的样子。

“哈……哈哈哈，不要在意啦。巧克力很好吃喔。”

我的笑声显然很空虚。

“对了，你弟弟的名字是森卤吗？”

我随口问了无关紧要的事。

“那、那个……我说不出来啦！”

森却突然撇开目光，悲伤地喃喃说道。

“因为，说出鲁的名字，他就太可怜了。爸爸妈妈不管有多迷，也不该给他取怪盗的名字啊……汉字也怪到没人会念，害鲁在学校经常被嘲笑。他长期努力不去在意，结果就变成这种冷漠的孩子。”

怪、怪盗？到底是怎样的名字啊？

“只有纱月是我拼命争取才取了普通的名字，他们一开始还想叫她无鹿耶！[①] 而且汉字写成无知的‘无’、动物的‘鹿’，品位差得令人不敢相信。”

森无鹿……的确很惨。

“我觉得不管过得多辛苦、多难过，都好过被亲生父母取这

① 和动画“风之谷”女主角的名字“娜乌西卡”同音。

种名字。”

“是、是吗……”

她说得这么感慨，我却满脑子想着亲不到而心情低落，真是有点过意不去。

“也没有那么差啦，我挺喜欢你的名字啊。”

森露出微笑。

“谢谢，不过还是不能叫我的名字喔。”

“我知道啦，那就拜拜。”

“等一下，亮太。”

我回过头去，有个像棉花糖一样的柔软物体贴上我右边脸颊。

好香，好软，感觉好舒服。

呃……咦？

我发现那是森的嘴唇，立刻睁大眼睛。

踮起脚尖亲了我脸颊的森害羞地退开，露出微笑。

“嘿嘿，这是预演。”

她小声地说完便红着脸跑回家，我的脸颊立刻热了起来。

哇啊啊啊啊！呀啊啊啊啊！太感动了！

红乐乐！我爱你啊！

我差点就在大马路上全力嘶吼，还真不好意思。

第一次过情人节，就结果来看还不差嘛。

“喂，什么时候能正式上场啊？”

“讨厌啦，亮太好色！”

“红乐乐自己也想亲吧？”

“呀！笨蛋，不可以叫名字啦！”

在这种亲密对话之间过了几天。

我们的状态绝佳，中也毫无机会施展他黑暗的力量。

不过……

“气死人了！不可原谅！”

周日的下午，在约好的家庭式餐厅碰面时，森气到眼角含泪，右手“碰”的一声拍在桌上。她眉毛倒竖，愤怒得鼻孔都扩张了。

“喂……森？”

怎么？怎么了？我做错了什么事吗？我应该没迟到，也没叫她小栗栗啊？

森又拍了桌子一下。

“太过分了！就算是在交往，耍人也得有个限度啊！我再也忍不下去了！”

呃！怎么突然说起分手？

“对、对不起，虽然我不太懂，不过很对不起，非常——对不起！”

“干吗道歉？难道你站在井上那一边吗？”

啊？井上？我抬起已经贴在桌上的头，当场愣住。

“你气的是井上啊？”

“就是啊！”

森的眉毛竖得更高了。

“呃，井上跟琴吹处得不好吗？琴吹不是在情人节时找井上去她家，还请他吃巧克力吗？”

这是森喜滋滋地跟我报告过的事。

“是熔岩巧克力蛋糕啦！”

什么容颜啊？我还来不及问，森又气势汹汹地开口。

“七濑为了井上费尽心思烤了熔岩巧克力蛋糕，隔天我问井上情况怎样，他回答‘很好吃’，七濑在旁边听得脸都红了，气氛明明很好啊！我看得都松了一口气，想说他们两个终于成为男女朋友。七濑也给我看过井上送她的围巾，还说‘我会永远珍惜的’，笑得好开心耶。

“可是，她跟井上约好午休时间要找间空教室一起吃饭，井上却什么理由都没说就早退了！”

“可、可能是突然肚子痛吧……”

我害怕森的气势，说得很小声，森立刻鼓起脸颊。这表情是挺可爱，不过……

“不管怎么说，在情人节拉近关系，隔天就放女朋友鸽子，这也太过分了吧？换成是亮太的话，就算闹肚子闹得咕噜响，也会陪我吃便当吧？”

她的发言还真吓人，正常人在这种时候应该都会去厕所吧？

虽然我这样想，但是森脸颊鼓起、目露凶光，让我什么都不敢说。

“就、就是啊……”

“对吧？如果真心喜欢女朋友，就应该这样啊！可是井上却立刻跑回家。七濑很担心他，传了好几封短信，他全都当做没看到！而且井上隔天也没来上学，七濑还去他家找他喔！”

对了，井上前阵子一直请假。那段时间琴吹的脸色阴暗得像是被什么附身一样，所以森一直陪在她身边鼓励她。

话说回来，森也是因为义气才会帮琴吹说话吧？像那样传短信，甚至突然杀到对方家里，对男生来说都很困扰啊。

“七濑以前也为井上烤过饼干，还小心翼翼保留着不敢寄给井上的暑期问候信，而且她舍不得花掉井上找给她的零钱，还裱框收藏起来喔！”

哇！帮零钱裱框吗？

我听得好畏缩，缩到没力，缩到南极大陆的边缘去了。

如果我哪天看到这种东西，我一定会被她的执着或怨念吓得发抖。

与其说积极，不如说是沉重。太沉重了！简直像是中原中也的世界嘛。

琴吹，你该不会是中也的亲戚吧？你是暗黑的中原一族吗？这种阴森的行为不知怎的让人想起那家伙的诗。

文学少女说着“这对现在的你是必要的”，还给我中也的诗集，就是叫我靠这本书来备战吗？

仰躺着歌唱吧。
心已干渴枯萎，
有如走着悬崖上的钢索。

我好像亲眼看见琴吹在只开一盏台灯的阴暗房间里，专注地帮零钱裱框，胸口郁闷得快要爆炸。哇啊啊啊啊！住手啊！琴吹！

不过，重视友情的森已经陷入琴吹的世界。

“七濑不管是上课还是下课时间都很在意井上，回家以后满脑子想的也都是井上耶！不会再有人像七濑这么喜欢井上了，而且她脸蛋漂亮、身材完美，又居家又会做菜，个性也很体贴，他到底不满意七濑的什么地方啊！”

“呃……这个嘛……”

男生被人这么迷恋也是很有压力的，女朋友太黏会让人觉得很累啊。但是如果我说出这些话，大概再也没得卿卿我我，还会被她揍得鼻青脸肿吧。

说什么个性体贴……我倒是觉得琴吹的体贴难以理解。如果我不是森的朋友，一定会把她当做不爱理人的讨厌女生。

被琴吹的脸和身材迷惑而跟她交往的井上，如果哪天觉得被她缠得很累，觉得还是分手比较好，也不是不可能的。不过我说不出这种话啊！

“井上应该是在知道七濑害羞的个性，还有她笨拙却又很温柔的优点之后，才跟她交往吧？”

“大……大概吧。”

“可是他一直伤七濑的心，昨天还丢下他们的约会跑去找其他女生耶！”

我本来一直觉得琴吹自己也有问题，只是敷衍以对，这时也忍不住惊讶地睁大眼睛。

“什么？井上那家伙长得一副乖乖牌的样子，竟然会脚踏两条船？”

而且他竟然敢跷掉约会！他可是井上耶！

森用力点头。

“就是啊！我今天传短信给七濑，她很落寞地跟我说了过去的事，还很担心井上喜欢的是别人，真的好可怜喔！”

她讲着讲着，眼泪就飙出来了。

混账，井上这家伙不只弄哭琴吹，竟然连森都弄哭了，不可原谅！

“怎么可以劈腿呢！”

“你也这样想吧？七濑太温柔了，她不责怪井上，只是自己默默忍耐，可是我实在看不下去啦！”

“井上太差劲了。”

“你也可以理解吧，亮太？”

森以期盼的眼神看着我。

“是啊！这是当然的！男人至少要有最低程度的诚意嘛。跷掉约会去找其他女生，这太过分了！简直是人渣！”

“说的对！”

森脸颊泛红，用力握拳。

“我决定了！我要去‘好好照顾照顾’井上！”

“啊？”

我因这突然冒出的老掉牙用语而愣住，森还一脸认真地对我说：“我要帮七濑去骂井上！我要为七濑报仇！”

“呃……这好像有点……你别这样啦。”

我惊慌地想要阻止，她却凶狠地瞪着我。

“为什么？你不是也有同感吗？”

呃，她气呼呼的样子也满可爱的。

“我的确觉得井上很过分，但是去骂他的话也太超过了吧？

而且这本来就不是外人可以插嘴的事啊。”

“我才不是外人！我是七濑的朋友啊！”

“唔，说是这样说啦……”

森的眼眶越来越红，好像随时会哭出来。

“而且七濑又不会去骂井上。七濑一直在受伤，只能默默忍耐，这太残忍……太不公平了！”

啊啊啊啊，看到这么哀伤的表情，连我都觉得心痛。

森真的为琴吹感到气愤，因为她一直在帮琴吹的恋爱加油。

琴吹跟井上开始交往时，她还开心得抱住我。

现在她听到井上劈腿伤害了琴吹，当然没办法坐视不理。

我就是喜欢森这种地方。虽然她容易会错意和行动力过剩这些地方都让我提心吊胆，不过我还是觉得她这样很可爱、很迷人。

就算她有些小缺点，我还是希望她保持原样。

但是！我实在不想看到自己的女朋友跑去“照顾照顾”别人的男朋友啊！我绝对不要！

“我了解你的心情，不过你还是打消念头吧。不，我求求你，别这样做，这不是女生该做的事！”

“哎哟！可是……”

我看着鼓起脸颊的森，铿锵有力地说：“我帮你去教训井上！”

惨了啦！我干吗答应森这么白痴的事？这也是中也的诅

咒吗？

隔天在学校里，我一直流冷汗。

我天真地期待森过了一晚就会消气，可是今天早上在教室里见到她，她立刻跑到我身边。

“亮太，加油！要好好教训井上喔！”

她还笑着拍了拍我的背。

结果还是逃不掉吗？我几乎就要当场趴下。

还是算了吧，森……

但是森却用满是期待和信赖的眼神看着我，我实在不想让她失望。

“呃……好，交给我吧。”

所以我这么回答，然后就回去座位。

啊啊啊啊，我这个大笨蛋！

我悄悄张望着教室四处，发现琴吹咬着嘴唇坐在自己的位置上，脸色还是一样黯淡。不过再仔细一看，她的眼睛红红的。哇……早知道就不看了。

我慌张地移开视线，接着找寻井上。

井上正在跟芥川说话，他也是脸色发青，心情沉重地垂下目光。如果要配上旁白，大概是“凝重”吧。

琴吹和井上都是一副中也上身的模样。有够糟糕，这两人我都不想靠近啊！好像连我也会被传染不幸。啊啊啊啊啊啊，我该怎么办啦！

光看“教训井上”这件事是挺简单的。

先把他叫到体育馆，说几句：“你这王八蛋，到底把琴吹当成什么？少在那里逍遥自在地拈花惹草，你这个劈腿的杂碎！”

再揍个两三拳就能收工。

井上长得比我矮，外表也很瘦弱，个性又温和，好像不太会跟人争吵，所以应该只会默默挨揍吧。

可是！如果对一个比自己弱小又不抵抗的家伙拳打脚踢，不就是欺负人吗？

而且我一个男生跟人家搅和什么啊？

理由还是为了帮女朋友的朋友出一口怨气。

这太小家子气啦！太没出息啦！

我不断天人交战，不知不觉到了放学后的打扫时间。

干脆一直装傻，偷偷地回家吧？

“亮太，就看你的啰，别忘记你答应过我喔。”

拿着拖把的森往我横移几步，小声说道。

哇……虽然她嘴巴笑着，眼睛却没有在笑。你好可怕啊，森！

事到如今才拒绝，她大概会无理取闹地说：“真想不到你这么没种！我对你太失望了！”不对，更恐怖的应该是，“果然不能交给亮太，我要自己去‘照顾照顾’井上！”

这点我完完全全不能接受啊！我不想看到森被暗黑模式污染啊！我还想继续对自己的女朋友怀有梦想！

既然如此，就让我这个男朋友代替森去趟这混水吧！

我要去教训井上，让他哭着趴在地上道歉！

打扫结束后，我确认过井上走向管弦乐社位于中庭的音乐厅，然后跑去烹饪教室。

我从柜子里偷拿一些色拉油，接着往我们班的鞋柜冲刺。

很好，井上的室内鞋就是这双。

我用卫生纸沾色拉油，接着擦在鞋底下，确定鞋底变得很滑之后再放回去。

呵呵，接下来只要等井上穿上这双鞋子，再用手机拍下他摔得四脚朝天的丢脸模样就没问题了。

我擦擦汗，得意地竖起拇指时，突然有一种说不上来的难堪心情，不禁感到郁闷。

……我到底在干什么啊？

夸口说要把他教训到哭，结果只有这点水平？简直是欺负同学的小学生嘛。

我偷偷摸摸地躲起来，同时心想在弄哭井上之前，我自己就很想哭了。

啊啊，欺负人的行为真是逊毙了。

我焦躁地等了不知道多久，好不容易看到井上脸色黯淡地回来。

他慢慢地脱掉鞋子，换上室内鞋。

我手上紧紧握住手机，屏息在一边看着。

混账！心脏快要爆炸了！虽然我很同情井上，但还是希望能快点结束。

对了，本来就是井上劈腿辜负了琴吹，是他自己不好啊。只让他摔一跤就能了事，他还应该感谢我咧！嘿嘿。

为了多少减轻一些罪恶感，我努力硬起心肠。

井上憔悴地低着头往前走。

上啊！色拉油！

我冷酷地举起手机。

这时井上的脚底突然一滑，他一屁股摔倒在地上。

画面一闪。

太好了！成功了！

看啊！森！我帮琴吹报仇了！照片也拍得很清楚喔！

可是，我兴奋的心情像被泼了冷水一般突然消退。

哇！他、他哭了？

真没想到！井上竟然低着头掉下眼泪！

简直就像人生陷入无穷的绝望，他缩起肩膀，眼泪滴滴答答掉个不停。透明的水滴摔在地板上，撞得迸裂。

他软弱无助的模样让我焦虑到极点。

哇啊啊啊啊！你干吗哭啊？井上！又不是小孩，摔个一下有什么好哭的？难道是哪里摔痛了吗？还是吃坏肚子？拜托你，不要哭了啦！

虽然我本来就打算把他弄哭，可是真的看到他哭，我的心中还是刮起一阵罪恶感的风暴。

井上咬着嘴唇，肩膀颤抖，看起来好痛苦……

不，那家伙可是个劈腿男，我和森都因为他的花心受到连累。井上得到这种惩罚也是应该的……啊啊，可是井上也很不好过吧……一想到这里，我的胸中就痛了起来。

中也的诗又在我脑海里窜过，让我越来越难过。

玷污的悲伤，
无从希冀无从期望；
玷污的悲伤，
在倦怠中梦想死亡。

井上和琴吹究竟是怎么开始交往的？我也不知道井上为什么要放琴吹鸽子，跑去找其他女生。

但是，受伤的人绝对不只琴吹一个，井上也是难过到想哭。

在教室里脸色黯淡低着头的琴吹。

含泪说出“七濑是那么喜欢井上，还为他奉献一切，真是太可怜了”的森。

伤心地掉着眼泪，不稳站起的井上。

每个人的心情都感染了我，让我痛得像是被针刺伤，喉咙也哽住。

任何人都不想弄脏自己。

任何人都想要过得健全、干净，面对太阳光明磊落地抬头挺胸。

就算是这样，也不可能在任何情况下都保持正直。即使知道不应该，即使不希望变成那种人并死命抵抗，还是会有很无奈的时候。

就像被女人抛弃的诗人，凄惨、屈辱、遗憾，就连悲伤都渐渐被玷污。

到底是抛弃他的女人不对，还是被抛弃的男人自己有问题，或者是两人的想法怎样都没办法同调，终究只有当事人自己清楚。

所以，井上他们的事也不是别人能够随便断定，或是简单地分出谁对谁错。

或许井上也有自己的苦衷，或许受害者不只有琴吹一个人。

“对不起……井上。”

我后悔到心痛如绞，目送着像迷路孩子一样软弱无助渐渐走远的井上，一边哑着嗓子喃喃说道。

我在心中一再重复：对不起，对不起，井上。

在这时候，我一直听见中也的诗。

玷污的悲伤，
业已可悲又添恐惧；
玷污的悲伤，
束手无策迎向日暮……

文学少女今天的点心

～《银汤匙》～

“井上，你该不会有恋母情结吧？”

十二月初某一天的午休时间，森同学一边低头看我的便当，一边殷切地问道。

“等一下，别乱讲啦！说不定又要传出谣言了！”

不久前我才被传在跟男生交往，更久之前还有人对我侧目，说我是个每晚都要对幼女照片说话的萝莉控。

如果要再加一张恋母情结的标签，我真的会受不了。同性恋加萝莉控加恋母情结……这也太变态了吧。

“我才没有恋母情结咧！”

当然，我也不可能跟男生交往，更不可能偷拍小女孩的照片。

“可是，这个便当简直像个小花园啊。”

听到森同学这么说，我不由得哑口无言。

放在桌上的是印有可爱兔子图案的便当盒，里面色彩缤纷地排列着捏成花朵或星星形状的饭团、用动物造型签子串起来的肉丸和鹌鹑蛋、切成章鱼的小香肠、兔子形状的苹果，上面还插着中央有颗红心的粉红小旗子。

“好惊人喔！里面彻底展现出妈妈的爱呢。你还真受宠啊，井上。”

在大发感叹的森同学旁边，又有其他女生围过来看我的便当。

“哇！好梦幻喔。”

“叉子也是小兔子耶。”

“这就是母爱啊。”

大家纷纷说道，听得我的脸都热起来了。

“不、不是啦！是我妈妈把妹妹的便当跟我的便当弄混了！”

舞花读的小学每周都有一天是便当日。妈妈一到那天就会使出浑身解数，愉快地捏饭团，或是在汉堡排上插旗子。

当然，只有舞花的便当会这样做，我拿的都是普通便当。

今天早上妈妈大概是卖力到忙昏头了，慌张地说“哎呀，都这个时间了”，然后笑容满面地说“心叶，这是你的便当”一边把蓝色便当袋拿给我。

咦？好像比平时轻……虽然我觉得哪里怪怪的，但是再不快走就要迟到了，所以便直接出门。

“这真的是我那个小学生妹妹的便当，平常不是这样的。你说是吧，芥川？”

我向坐在面前吃着自己便当的芥川（就是不久前被谣传跟我交往的对象）问道。

芥川用稳重的语气回答：“嗯，是啊。虽然平时也是做得很用心的便当，不过从来没插过旗子。”

森同学她们稍微露出喜悦的表情，大概是因为跟芥川说到话了。芥川在女生之间很受欢迎。

“喔，是吗？可是你妈妈还是每天都很用心地帮你准备便当吧？”

她似乎话中有话。

“听说男生都喜欢跟妈妈很像的女生，有恋母情结的人更是这样呢。”

就说了我没有恋母情结啊。

“那来做个意见调查吧。你妈妈是可爱型？还是美艳型？”

这个天外飞来的意见调查让我愕然得无言以对。

“呃，为、为什么要问啊？”

“这个调查可以判断你恋母的程度喔。”

“呃！”

我越来越慌，一边被催着回答。

“大、大概是可爱型吧。”

“身材呢？是苗条型还是丰满型？”

“硬要分的话，应该是苗条型。”

“胸部是贫乳还是巨乳？”

“有需要问到这个地步吗？就普通啊。”

“跟妈妈一起洗澡到几岁？”

“呃，这也要问？幼儿园吧……大概。”

“对你来说，妈妈的味道是什么呢？”

“唔……焗烤鲑鱼花椰菜。为什么你要抄下来啊？”

森同学爽朗地说“没什么啦，不用放在心上”，接着还问我妈妈喜欢的颜色、骂人的方式等问题。

“谢谢，我拿去当参考啦！”

她说完就走了，其他女生也叽叽喳喳地散开。

到底是要参考什么？

在我愕然的视线前方，森同学她们正在跟琴吹同学说话。

琴吹同学满脸通红，好像在生气的样子。她对森同学等人频频抱怨，森同学她们却笑得很开心。

然后，琴吹同学往我这边看过来。

我们四目相交，她立刻惊吓地僵住表情，慌张地把脸转开。

我正在疑惑这是怎么回事，她又往我这里瞄一眼，又转开视线，然后终于下定决心，朝我走来。

我坐在椅子上严阵以待。琴吹同学一直没正眼瞧我，却在我桌上放了一个福利社买来的巧克力螺旋面包。

呃？我看看奶油口味的巧克力螺旋面包，又抬头看看琴吹同学。

琴吹同学面朝一旁，口气僵硬地说："……我中午买太多面包，所以肚子很撑，吃不下了。"

她把面包推向我。

"要给我吗？谢谢。"

为什么突然给我面包？虽然我搞不太懂，不过我正在担心只有妹妹的便当应该不够吃，所以觉得很庆幸。

琴吹同学的嘴巴撅起，脸颊泛红。

"啊，我付钱给你吧。"

"不用。"

"可是……"

我想起上次被她强硬讨过远子学姐吃掉的书的赔偿金，所以打算掏出钱包，但是琴吹同学却不太高兴，斩钉截铁地拒绝："免了。"

她似乎也发现自己的语气太强硬，有点手足无措，然后以说不上来是害羞、生气还是慌乱的表情看着我。

"……原来你有恋母情结啊。"

她喃喃说着，然后匆匆走向森同学她们。

我因为震惊过度，根本没想到要叫住她解释清楚。

哇……这次又被当做恋母的孩子了。

“不用在意。孩子怎么仰慕母亲、怎么重视母亲，都是理所当然的。”

芥川看到我失落的样子，这么对我说道。

我暗自一惊。

对了，芥川的妈妈一直在住院。他就算忙着社团活动，还是经常去医院探望。

“嗯，你说的对。这点小事跟以前比起来也算不了什么。”

虽然我有点难过，依然努力不表现出来并笑着回答，芥川也露出微笑。

“不过，你的确是年长女性会喜欢的类型，像是天野学姐也对你很好。”

“咦咦咦咦咦咦咦！你说远子学姐？”

我忍不住大叫，令琴吹同学望向我这边。

我惊慌地压低声音，很坚决地说：“远子学姐哪里对我好了？她只会说学弟不能不听学姐的话，老是使唤我做东做西，给我添了不少麻烦耶。”

芥川兴致盎然地眯起眼睛，说出更让人不敢苟同的话。

“是吗？可是在排演话剧的时候，她也一直很关心你啊。还有，我上次去你家的时候就这么觉得了，天野学姐的气质跟你妈妈有点像喔。”

◇　◇　◇

远子学姐很关心我？而且跟我妈妈很像？这是什么天大的误会啊？

那个乐天又单纯的“文学少女”何时照顾过学弟？我也不觉得她跟妈妈哪里像。

放学后，我难以释怀地去了文艺社，还没进去就听见东西崩落的沙沙声、撞击的砰隆声，还有“呀”的一声惨叫。

怎么了？她又在搞什么？

我急忙打开门，只见狭窄的房间里细微的尘埃纷飞，堆在墙边的书山垮了一部分，地上散乱着书本。那张铁管椅倒在地上，连远子学姐也无力地跪在地上。她好像正在打扫，右手抓着一个拖把，左手不知为何还拿着胶带。

“你在做什么啊？怎么弄得这么乱？”

“呜呜呜呜，我只是轻轻碰到，书就全部垮下来啦——根本来不及扶住嘛！”

远子学姐哭丧着脸说。

“请你小心一点，被书活埋的死法实在不太光彩。”

我一边帮忙捡起落在地上的书，一边抱怨。

远子学姐还在辩解说着：“都是这个房间太小了！是贫困的错啦！”

唉，她还真没有学姐的样子，明明都是我在照顾远子学姐嘛。

我在北风入侵的寒冷房间里捡起书本，堆回原处。

当我把地板整理干净之后，远子学姐还是跪在地上，眼睛像是在找什么一样不停转动。

“今天不需要点心吗？天气这么冷，我要回家了。”

“啊！不行啦！”

远子学姐慌张地站起，说出三个题目。

我在这张破旧的桌上摆出一迭五十张的稿纸，拿着新买的HB 自动铅笔开始写。

远子学姐也把椅子拉到窗边，脱掉室内鞋屈膝坐着，翻开自己的文库本。

“中勘助的《银汤匙》就像用味醂和砂糖煮出来的甘甜鱼肉呢。”

她用温柔的声音轻轻说着，一边从边缘撕下小片书页，放进嘴里细细咀嚼，一口吞下，然后露出幸福的笑容。

“嗯！软绵绵的，太好吃了！一口咬下味道煮得很透、散发着生姜风味的滑溜白肉鱼，甘甜的汤汁就会慢慢扩散到舌上，美味得令人赞叹。这是温柔又质朴的妈妈的味道呢。”

妈妈的味道——这句话让我有些惊讶。

远子学姐陶醉地眯细眼睛，眼神愈加满足地扫过文章，然后撕破书页，继续用餐。

“作者中勘助是一八八五年——明治十八年生于东京神田的作家。他原本写的是诗，也尝试用长诗表现出独特的世界观，很可惜的是表现并不好，他在屡次失败之后才开始写小说。

“他的代表作——自传体小说《银汤匙》——受到夏目漱石

大力赞赏，因为漱石的推荐，这作品从大正二年四月开始在《东京朝日新闻》连载。

“所谓的银汤匙，就是故事主角‘我’在幼时用过的银制小汤匙。他的妈妈因为产后身体不适，所以都是伯母在代替妈妈照顾体弱多病的主角，还用过这把银汤匙喂药给他吃。

“伯母是个善良温柔的人，她就像第二个妈妈，给了主角慈祥的母爱，无论去到哪都背着他——因为如此，在他的记忆里好像直到五岁都不曾踩过地面……他就是被这么小心翼翼地照顾长大。能够照顾他，对伯母来说也是无上的喜悦，甚至是她活着的意义。”

不停撕下书页吃掉的远子学姐嘴边浮现温和的笑意。

看到这样的表情，我突然觉得原本应该很冷的房间不知怎的温暖了起来，所以十分讶异……奇怪？真的变暖了吗？

昨天还一直有寒风吹在我的脸上和脖子上，简直要冷死人。

现在窗户还是震得喀喀响，外面是沉郁的阴天，可是我为什么不觉得冷呢？

“书的前篇描写主角的孩提时代。

“这个以美丽辞藻铺排出的故事虽然出自二十七岁青年的手笔，却写实而细腻地描绘小孩眼中所见的世界，让人忍不住感叹‘啊啊，我小时候也是这样’，也会回忆起自己幼时承受不了半点痛苦，还会为芝麻绿豆大的小事开心不已的往事。

“在主角珍惜怀念的儿时记忆里，一直都有伯母照顾他的身影。”

远子学姐轻轻地、慢慢地说下去。

“好甜、好松软，就像炖煮的鱼肉一样。伯母为这个故事添加了温馨安详的感觉。

“对，鱼肉一定要是比目鱼。

“读完这本书以后，就会明白为什么非得是比目鱼不可，而后还会有一股寂寞缭绕在心中。

“不仅如此，这本书里还有很多其他的美味食物喔。后篇的最后描写了在朋友的别墅里吃到漂亮姐姐做的晚餐，这也是极品啊！像是手制豆腐洒上磨碎的柚子，浸一下汤汁再轻轻舀到舌上，那入口即化的口感真是太诱人了！伯母买给小时候的主角那滑溜溜的竹子羊羹，还有在条状麦芽糖上洒肉桂粉、称为肉桂棒的点心，也都是光看文字叙述就让人忍不住流口水呢。

“可是对我来说，这本书就是伯母煮的比目鱼啊！”

对了，我知道了！

我在填着稿纸上的格子时，终于注意到这点。因为远子学姐刚好坐在风吹进来的地方，像是一堵墙，所以风吹不到我坐着的地方。

找出原因之后，我又冒出一个疑问。

远子学姐坐在那里不冷吗？难道她是故意的……

是因为我昨天抱怨过快要感冒了吗？

翻着《银汤匙》的远子学姐跟平时没啥两样，一样开朗地吃书吃得噼里啪啦，一边以温柔清澈的声音说个不停。

我想起芥川对我说过的话，突然觉得胸口紧缩、脸颊发烫。

——像是天野学姐也对你很好。

不，这一定只是巧合。

我才不觉得远子学姐会这么关心我，还故意用自己的身体挡住寒风。

远子学姐笑嘻嘻地说“在欧洲会说幸福的婴儿是衔着银汤匙出生，也会送银汤匙来祝贺小宝宝诞生”，告诉了我这个小知识。

我看真的是巧合吧……

“啊！”

远子学姐突然大叫，还从椅子上探出身体，我被吓得顿时停笔。

“怎么了？”

“我找到了！”

她小巧的脸上扩散出欣喜的笑容。

只见她匆忙离开椅子跪在地上，再次拿起拖把，在握柄上贴了卷成一圈的胶带，伸进书堆之间。

咦？咦？咦？她在干什么啊？

她在愕然的我面前很快地拉回拖把，又嘻嘻一笑。

贴在拖把握柄上的胶带黏着一枝自动铅笔，就是我前阵子弄丢的那枝！

她在我进来之前拿着拖把和胶带窸窸窣窣的，就是为了要找自动铅笔吗？连我都已经放弃了耶……

远子学姐得意得眼睛发亮，拿着自动铅笔向我走来。

然后，她把那枝笔放在瞪大眼睛的我的手上。

“给你，心叶，以后别再搞丢啰。”

那温暖的笑容和每天早上拿便当给我的妈妈形象重叠了。

——心叶，这是你的便当。

我突然心跳加速，脸热得像火在烧。

说、说不定……真的有那么一点像……

远子学姐坐回铁管椅上。

她脱了室内鞋，屈膝坐下，又开始吃起《银汤匙》。

“啊啊，这本书真的好甜美、好悲伤又好幸福，太好吃了！

能有一个像她这样包容一切、温柔对待自己的人，是一件很幸福的事。”

她用春天和煦阳光般的轻柔声音说着，然后“哈啾”一声小小地打了个喷嚏。

我绝对没有恋母情结，也绝对不会因为远子学姐稍微有点像妈妈而对她更好。

不过……

“篝火”“驯鹿”“快食比赛”，我低头看看今天用这三个题目写的点心。

在快食比赛里落败，孤独徘徊于夜晚森林中的驯鹿，跟它长久以来暗恋的少女在篝火前重逢……

当然，我本来计划好要写一个让远子学姐吃到痛哭流涕的可怕结局……不过，因为远子学姐用背挡住风，使房间变得温暖了一些。

偶尔也来孝敬孝敬学姐吧。

我用远子学姐找回来的自动铅笔写完最后一行，然后将这篇写得甜蜜蜜的故事交给等不及要吃饭后甜点的文学少女。

文学少女和献上祝福的诗人（泰戈尔）

用来抽奖的装置是叫什么来着？转转乐？

总之我转了那个玩意儿，就有一颗红球“波叩”一声滚出来。

“恭喜！是头奖艳蓝乐园双人门票！”

穿着华丽和服短外褂的大叔高声喊着，在我面前叮叮当当地摇起铜铃。

“好耶！白色情人节要跟森去温水游泳池了！”

我把在商店街抽奖拿到的双人门票高举过头，在自己的房间里又叫又跳。

现在是三月，春天已经来到人间。第三学期也快要结束，到了四月我就是考生。在踏进灰暗的考生生活之前，我一定要跟森留下美好的回忆。神明可能真的听到这个愿望了。

一定是因为我最近太带衰了吧。本来我还打算讨回新年参拜时捐的香油钱，不过现在看来应该不用了。

位于郊区的艳蓝乐园是覆盖着巨大圆顶，仿造热带海洋制造出波浪效果的温水游泳池。还有还有，听说有夏威夷吉他演奏和草裙舞秀，灯光会依时间切换，很有夜晚或黄昏的海洋那种气氛。

海！黄昏！夏威夷吉他演奏的背景音乐！再加上塑料充气海豚就更完美了！

我笑嘻嘻地久久望着那张鲜艳蓝色的双人门票，一个劲地傻笑。我要在白色情人节用这张票去艳蓝乐园，在黄昏的橘色灯光之中和森接吻！

不过……

"对不起，亮太，我今天要跟七濑一起回家，明天和后天也要和七濑一起走，周六也有事要跟七濑一起出去……"

森像在拜拜似的双手合十。

午休时间，我们在远离教室的走廊角落说着悄悄话。

"喂喂，又来了！你不是从上周就一直跟琴吹泡在一起吗？每天都黏得这么紧，琴吹也会腻的。"

"可是七濑现在为了井上的事情相当消沉，我不能丢下她啦。虽然你已经教训过井上了，可是一点效果都没有嘛。"

"呃！"

我哑口无言。

"可……可是，我真的揍了他一拳，还狠狠教训他不要再劈腿……"

我这么回答。

事实上，我把色拉油涂在他鞋底害他摔倒，看到他哭得那么难过，令我内疚到心痛，什么话都说不出来。

“难得你这么苦口婆心，井上在下课时间却一直趴在自己桌上写东西，完全不跟七濑说话。七濑还用快要哭的眼神看着井上耶。”

就是啊，琴吹那种眼神真的很可怜。

他们两人交往的事，班上同学直到现在都还不知道。因为井上个性温和、很不起眼，琴吹对井上又总是凶巴巴的，所以喜欢琴吹的那些男生一定都没想到要提防井上吧。不过琴吹看着井上的眼神实在太哀怨，所以自然传出了流言。像是“琴吹跟井上之间发生了什么事”“那两个人是怎么啦”“琴吹已经被井上攻陷了吗”，这样的哀号纷纷出现。

好像也有些人想要直接去问井上，不过芥川一定会站出来，说些“现在最好别去打扰他们”之类的话。

我口齿含糊地说：“呃……可是，恋爱上的烦恼本来就是当事人自己最清楚，也不能说都是井上的错啦。”

由于害他跌倒把他弄哭的罪恶感，我故作轻松地帮他说话。

但是森鼓起脸颊瞪着我，我又急忙改口：“不过劈腿本来就不对嘛！”

“真是太差劲了！井上当然有错，不过天野学姐更过分！她明知七濑和井上在交往，却故意在他们约会的那天把井上找出去！”

嗯？天野？难道是那个“文学少女”……

“喂！你说井上劈腿，就是跟文艺社的天野学姐吗？”

森鼓着脸颊点头。

“是啊，七濑很崇拜天野学姐，所以打击更大呢。”

我也不禁感到茫然。

那个天野远子是井上劈腿的对象？

放学后，我抱着决心，走向威风凛凛耸立在校园中庭的音乐厅。

高三生因为要准备联考所以可以自由选择要不要上学，不过天野学姐似乎每天都去音乐厅。

我本来是没兴趣插手别人的恋爱啦，不过井上背着琴吹劈腿的对象，竟然是一直帮我解决跟森之间问题的天野远子，令我实在没办法不在意。

而且如果不快点解决井上和琴吹这件事，我跟森的关系也没办法进展，午休时间也没机会约她去游泳池了啦，混账。

为了我自己好，我一定得去找天野学姐。

我第一次走进音乐厅，这里壮观得惊人，我忍不住心想：“哇！听说这是光靠管弦乐社校友捐款就盖起来的，真的假的啊？”看到脚下铺的是好像很昂贵的地毯，我的眼珠子都瞪凸了。

在管弦乐社的社员带我走向顶楼的途中，我的心脏一直猛跳不停。

冷静点啊，这里是学校，又不是被邀请去参观白宫。

冷静点，冷静点。

我像在念咒一样反复说着，走进房间……

“反町同学？”

突然有个温柔的声音叫了我，我惊讶地愣在原地。

天野学姐习惯绑着的长辫子解开一边，形成大波浪卷的乌溜溜黑发从肩膀垂到背后和腰部。

惊人的还不只是这样，她纤瘦的身体披着纯白的床单，像是穿着哪国的传统服装。她白皙剔透不输床单的脖子和锁骨，鲜明地映在我的眼中。此外还有从床单缝隙露出的洁白赤脚，以及裸露的肩膀和双臂。

这……难道床单里面是一丝不挂？

怎、怎么会穿成这样啊？

就算三月的气温比较暖了，外面还是像冬天一样冷到需要穿外套——不对，问题不在这里啊！

“哎呀呀，你的脸都红透了呢，这对二年级的少年来说太刺激了吗？”

愉快说出这句话的是手握画笔的华丽美女。她棕色的长发在脖子后面随意绑成一束，制服外面穿着简朴的围裙，身材高挑又丰腴，望向我的眼神和表情都充满令人畏惧的贵气和自信。

姬仓麻贵——她是理事长的孙女，被大家称为公主，是校内无人不知的超级名人。当然，像我这样的普通人根本没机会和她说话。

她毫不客气地微笑望着我。我知道她是在嘲笑我，尴尬得更加脸红。

“不……那个……我是……”

我在结巴什么啊！真是丢脸。

天野学姐温柔地说：“穿成这样真是不好意思，我正在当模特儿。”

“模、模特儿？”

“是啊，裸体模特儿。”

公主这句话又让我的心脏狂跳起来。

裸、裸体！她果然是全裸的？那张床单里面什么都没穿？我虽然觉得不该看，却又忍不住一直盯着。

是说床单又不是透明的，而且我对胸部的喜好比较倾向大的那边……天野学姐怎么看都没几两肉嘛……喂，我干吗胡思乱想啊！

“讨厌啦，麻贵，不要乱说啦！”

天野学姐瞪着公主，然后担心地看着我的脸。

“反町同学，你的眼睛怎么转个不停？你没事吧？”

“呃、呃呃呃呃！只是觉得有点热！也不知道是怎么回事……”

是因为天野学姐的发辫解开了一边吗？她比平时还成熟，变得好漂亮。

不，平时光看她的外表也挺漂亮的，不过现在该怎么说呢？是多了一种透明感吗……还是多了纤细柔弱的魅力……

混账，停不住心悸了！

“阁下别再站着，坐下吧。我叫人端茶过来。”

“不用了，我很快就要离开。”

我口气僵硬地回答。

“麻贵，你先离开一下。”

“哎呀，我怎么能让做出这种害羞打扮的远子，跟兴致勃勃的男学生独处呢？如果出了什么差错可就麻烦啰。”

“不会有什么差错的。好啦，你快点出去。”

公主耸耸肩，走到房间内侧的门里。

然后天野学姐抬头看我，微笑地说：“找我有什么事呢？又是为了森同学吗？”

我的声音哽在喉咙里。

她用这么温和亲切的表情问我，让我紧张得都冒汗。

这个人真的是井上劈腿的对象？而且从森的叙述听来，她明知井上和琴吹在交往，却在他们约会的日子故意把井上叫出去。

如果这是真的，实在太恶劣了。不过表情和善等着我回答的天野学姐，看起来实在不像这种女生。

虽然她有时会在走廊上突然朗诵诗句，或是突然陷入自己的世界里大谈海涅和拜伦等人，是个怪里怪气的学姐，但她总是诚恳地陪我解决烦恼。

说起来她还是我的恩人呢。

我虽然觉得自己不该逼问这样的人，不过来都来了，也不能什么都不说就走。

我把力气凝聚到丹田。

“我今天要说的不是自己的事，而是你的事。”

“嗯？”

“我听说井上劈腿了，他跟琴吹约会时放她鸽子，跑去找天野学姐。”

天野学姐睁大眼睛，然后表情渐渐变得悲伤。

呃……我果然很不会应付这种状况。

“琴吹消沉到极点，森一直很担心地陪着她，完全把我抛在脑后。所以就我的立场来看，我当然希望琴吹跟井上可以顺利发展，不过，天野学姐对井上是怎么想的呢？”

天野学姐垂下目光。

“原来如此……对不起。”

她用细瘦手指轻轻抓紧床单的动作，还有说话的声音，都显得好悲伤。

“我也跟小七濑说过了。心叶那天是误以为我碰上什么麻烦，而且他只是以学弟的立场在担心我，所以才会来找我。”

“天野学姐，你没回答我的问题啊。你喜欢井上吗？”

天野学姐抬起头来，那美得教人心痛的笑容使我心脏狂跳。

“……心叶啊……”

她的声音有点颤抖。

但是她凝视着我的眼神很直率，没有半点迷惘。

她的嘴边浮现小小的笑容。

“……是我重视的学弟。”

她这么论定。

“既然重视，那就代表喜欢吧？”

“不，不是这样的……只是，很重视。”

她慢慢地，像是在确认似的说。

温暖的声音、清澈的眼神，那种表情和语气都让我的胸口痛得难以承受。

——很重视。

她喃喃说出的这句话，好像比单纯的“喜欢”包含了更强烈的感情。

我对恋爱不是很懂，也不了解所谓的女人心。

不过，重视和喜欢难道不一样吗？

会用温柔到接近悲伤的表情说出“很重视”却又不是喜欢，这是什么道理？

天野学姐看我沉默不语，就拖着床单走向书柜，从里面抽出一本书，然后转头对我露出沉静的笑容。

“这是泰戈尔的《吉檀迦利》(Gitanjali)。反町同学，你知道吗？”

“胎哥尔……不知道。”

“不是胎哥，是泰戈尔啦。”

天野学姐噗嗤一笑。

“泰戈尔是出生于一八六一年五月七日的印度文学家，他也是哲学家、作曲家、画家、评论家、教育家，而且被誉为诗圣。

“泰戈尔的家里是印度首屈一指的大财阀，又是阶级社会中地位最高的婆罗门身份，身边充满了新文化和艺术的熏陶。少年时代的泰戈尔在有着宽敞庭园的宅邸里见识着各种美丽事物，慢慢地成长。

“然后到了一九一三年，他以《吉檀迦利》这本诗集荣获首度颁发给亚洲人的诺贝尔文学奖。”

天野学姐把书抱在怀里，继续说着泰戈尔的事。

“泰戈尔的诗虽然可以用清澈的泉水来比喻，不过我觉得更像是掺入金光闪闪的芒果和清爽的优格，味道酸酸甜甜的印度酸奶酪。滋味丰富又温和，充满光辉，会让人感觉好像拥抱着无限的爱喔……”

她微笑着的嘴唇像唱歌一样念出诗句。

你已使我永生，
那就是你的喜悦。
这脆薄的杯儿，你不断地把它倒空，
又不断地以新生命注满。

天野学姐叹着气。

“《吉檀迦利》是呈献给神的诗歌，原本是用泰戈尔的母语——孟加拉国语——写的押韵诗，后来他自己翻译的英文散文诗被推广到欧洲。两边相较之下味道大不相同，非常有趣呢。

“押韵诗带着一点甜味，像印度烤饼一样朴素，却又很庄严，是会让人感到怀念的强烈滋味。

“不过，两者都充满了对至高者的爱和信仰，同时也能感受到天上的神对我们投以温暖的视线呢。”

闭眼说着的天野学姐美丽得令人屏息。

我生命的生命，
我要保持我的躯体永远纯洁，
因为我知道，
你生命的摩抚接触着我的四肢。

解开的辫子披在白色床单上。

长长的睫毛。
纤细的脖子。
平稳的声音。

我要从我的思想中
永远摒除虚伪，
因为我知道，
你就是在我心中点燃了智慧火光的真理。

——很重视。

我想起刚刚听到的那句话，又再感到心痛。

对了，上个月在中庭见到天野学姐时，她看起来一样很消沉。

——我有个很亲近的人……交女朋友了。对方是个好女孩，两人都很生涩害羞……

她这么说着，露出寂寞的微笑。

那可能就是指井上和琴吹的事。

真是这样的话，天野学姐对井上果然……

我要从我心中驱走一切的丑恶，
使我的爱开花，
因为我知道，
你在我心底的宫殿安设了座位。

这就是在说井上吧。

我要努力在我的行为上表现你，
因为我知道，
你给了我行动的力量。

这不就是喜欢吗？

这些献给神的诗，听起来简直像是情歌。

天野学姐张开了眼睛。

她有一瞬间露出美梦初醒般的哀伤表情，又很快地展露花朵般美丽的微笑。

“这本诗集你绝对要读读看，一定会像心灵受到洗涤般觉得神清气爽喔。我这‘文学少女’要向你强力推荐。麻贵那边就由我来转告吧。”

她说完就轻轻将泰戈尔的诗集递给我。

“天野学姐，你对井上真的……”

“反町同学，我对心叶并没有喜欢或是想要交往之类的想法，心叶应该也是一样的。心叶的女朋友只有小七濑一个人喔。”

天野学姐的表情已经不再显得软弱，声音也变得平静开朗。

“小七濑能跟心叶交往，我真的很高兴。因为我觉得这样是最好的。”

我觉得胸中焦躁难耐，却不知道该说些什么。

这样真的好吗？你明明在中庭露出那么寂寞的表情。真的可以这样吗？

“我问你喔，心叶最近怎么样？有精神吗？”

“我不太清楚，只看到他一直坐在桌前写着稿纸。”

天野学姐的眼睛闪耀出柔和的光辉。

“是吗……”

她喜悦地喃喃自语，轻轻扬起嘴角。

门打开了，公主探出头来。

“你们差不多讲完了吧？我的时间是很宝贵的。”

“啊，对不起。”

“诗集要什么时候还都没关系。”

爽快说出这句话的人并不是天野学姐，而是公主。

呃，难道她刚刚在偷听？

天野学姐鼓着脸颊瞪她。

“麻贵！”

公主依然微笑着。

“慢走啊，反町同学。”

她像是在赶我似的，发出嘘声挥挥手。

“呃，天野学姐……”

我以严肃的语气脱口说道。

我真的很想说些什么，可是，我说到一半就停下来，面红耳赤地尴尬一阵子，最后好不容易说出来的话却是：“……就快要联考了，请小心别感冒。”

真是的，我到底在说什么啦！不对，我又不是要讲这个，我应该要说井上的事，或是井上的事，以及井上的事，还有井上的事……

“没问题啦，我会帮远子取暖。”

“我拒绝！你再胡说八道的话，我就不当模特儿啰！”

“那我就不打扰了！”

我慌张地冲上走廊，关上了门。

“天野学姐果然喜欢井上……”

我离开音乐厅，抱着诗集走向楼梯口，一边自言自语。

“那么井上到底喜欢谁呢？是天野学姐？还是琴吹？”

唔——既然他放了琴吹鸽子，跑去找天野学姐，应该是比较倾向天野学姐那边吧？虽然天野学姐说那是有理由的，可是如果是这样，琴吹不至于会消沉到那种地步啊。

琴吹是井上的女朋友，一定会比谁都早发觉他的心情在动摇吧？井上的心现在是偏向哪里？他思念的是谁？

就连我这个外人来看，也觉得井上跟天野学姐在一起时比较平静，好像很安心的样子。他在教室里总是很客气，可是对天野学姐要么是吐槽，要么就是讲话刺她。井上身边有着天野学姐的时候，该说感觉更自然吗？还是更有默契呢？这比听到他跟琴吹交往的时候更让我觉得合理。啊啊，果然真的是那样……

可是，这样说起来，琴吹到底算什么？

我回想起森愤慨的模样，还有琴吹望着在座位上写东西的井上那哀伤的眼神，心里就苦得像一口气喝下一大杯苦茶。

如果会露出这么悲惨的表情，打从一开始就不要交往嘛。虽然在交往，却有其他喜欢的女生，这真的非常残酷。

如果井上对天野学姐是认真的……琴吹一定会很难过吧……是说她现在也已经很痛苦了……

唉，我短期内大概没办法跟森接吻了。

就在我心情低落地走着的时候……

嗯？奇怪？

我看见琴吹脸色铁青地站在鞋柜前。

她不是跟森一起回去了吗？为什么她会站在这里？而且脸色还这么难看。

琴吹一动也不动地盯着鞋柜上的某处，那是井上的室内鞋。

她该不会想要在里面偷放图钉吧？

琴吹的手摸了摸井上的室内鞋。

当我觉得背上冒出一阵恶寒的时候……琴吹的脸孔突然扭曲，眼角涌出泪水。

“琴、琴吹！”

为什么我会开口叫她咧？假装没看到转身走开不就好了？

但是，我的脚自动走向琴吹。

“！”

琴吹吓了一跳，把手放开井上的鞋子，转头看着我。

一滴泪水滚落脸颊，她急忙用手背擦掉。

“你没有跟森一起回去啊？”

“我……我跟她说我还有图书委员的工作，所以叫她先离开。虽然小森还是说要等我……”

“现在还不到图书馆休馆的时间吧？”

“……”

琴吹咬着嘴唇，低头不语。

“你说要去图书馆值班是骗她的吧？”

“……”

“你不想跟森一起回去吗？”

“……”

“也是啦，我可以理解心情不好时旁边还有人一直吵闹只会觉得更烦，不过森并没有恶意……”

“不、不是的……”

琴吹无力地摇头。

“小森是在担心我，她把自己的事放着不管，一直陪着我……”

她的声音哽咽，眼角又浮现泪光。

“可是，我笑不出来……一下子就愁眉苦脸的，所以觉得对小森很抱歉……”

糟糕，如果她现在哭出来，我可就头痛了。

“才、才不是这样！”

我大声说道。

“森的个性就是那样，所以她绝对不会嫌你麻烦啦。对了！她说下次放假想要跟你一起出去玩呢！我也刚好有‘三张’艳蓝乐园的免费门票！”

我拿出口袋里的门票，亮给她看。

琴吹的眼睛睁得浑圆，我继续热切地说：“周日时我们三人一起出去吧！好好玩个痛快，把不开心的事都抛开！”

到了周日，我和森还有琴吹，三个人一起去了我梦想的艳蓝乐园。

当然，我那份门票是自己出钱买的。

森听到我的提议非常开心。

“亮太也很关心七濑呢！谢谢你，亮太！我又重新爱上你了！”

“七濑也答应要去艳蓝乐园了，我们要陪七濑玩到尽兴！”

“我今天跟七濑一起去买泳装啰！”

她神采飞扬地一次一次跑来向我报告。

我只能心中默默地想着：“……再见了，我的白色情人节。”

搭电车前往该地的途中，琴吹说不到几句话。

在包厢式四人座里，森坐在琴吹身边愉快地说话，一再叫她吃巧克力或饼干。

琴吹好像也觉得被这么关心很过意不去，所以虽然话少，还是尽量努力回话。

“……嗯。”

“就是啊，小森。”

“……嗯，是啊。”

她说来说去都是这些话，偶尔显露的笑容也很僵硬。

我知道她真的很努力挤出笑容，觉得自掏腰包买了自己那份门票也是应该的。如果琴吹能打起精神就好了。

一走进圆顶建筑，就出现一片热带海滨的景色。

到处都种了椰子树，木槿花盛开，夏威夷吉他的音色传来，巨大的游泳池里还有波浪。

“哇！好棒喔！”

森发出欢呼。

“好像真正的海边喔！真想快点游泳！是吧？七濑！”

“嗯。”

“啊，女用更衣室在那边。亮太，等一下在那棵椰了树下碰面吧。”

“喔。”

森拉着琴吹的手走掉了。

我很快就换好泳装，在约好的椰子树下屈膝坐着。

可能因为今天是周日，有些像是小学生的小鬼头们四处乱跑，吵得要命。

总觉得……跟我想象的不太一样。

我本来想象的是罗曼蒂克的海边，但现在这情况不知该说是亲近庶民还是大众化，有很多人是一家大小一起前来。而且也没有潮水的味道，只有游泳池特有的塑料般味道……

算了，别要求太多了。反正不管我怎么选择，今天都没机会亲到森。

不过她们也太慢了吧？我知道女生换衣服都很花时间啦，我家那个臭屁至极的妹妹洗澡也都会洗很久。就算这样，还是很慢。慢死了！

我忍不住开始担心是不是发生了什么事的时候……

“久等啦！亮太！”

森的声音传来。

我转头一看，突然有一道贯穿脑髓的强烈冲击，让我下意识地站起来。

森穿着上次穿来探望我的天蓝色比基尼，下半身则是轻飘飘的迷你裙，完全符合我的喜好。

当时被围裙遮住看不清楚的胸部和腰部轮廓，现在都清楚地呈现在我眼前。无论是两只手的粗细、健康的大腿曲线、尺寸适中的胸部，还有胸部跟天蓝色比基尼色彩的对比，都完美得让我忍不住在心里大喊：“等待总算值得了！”

不过！可是！比身穿泳装的森更让我震撼的是站在一边畏缩低头的琴吹。

是粉红色比基尼！而且布料超少！虽然她身上还穿着白色外套，可是一走动就会摇晃的胸部，好像都快从三角形的布料里跳出来。

男生们从以前就常说琴吹的胸部超赞，或是出人意料地色情，还是巨乳什么的。

坦白说，胸部比琴吹大的女生多得是，她穿着制服时也看不出来大到这种程度，不过像这样穿上泳装——而且还是比基尼，细腰和胸部都更能强调出来。

而且因为那两球一边摇晃一边靠近，我会死盯着那里也是情有可原。

是说她的腿好细又好长啊。

不对，如果要说我的喜好，那绝对是森啊！

比起瘦巴巴的女生，我更爱有点肉的。

如果森的大腿和琴吹的大腿让我选择，我毫无疑问会选森的大腿！

可是琴吹穿泳装的景象太有冲击性了，让我一直转不开目光。

就算穿着外套，你这泳装也太危险了吧！琴吹！要穿这种东西之前，先想想会怎么被周围的男生盯着看啦！半径三公尺内的男人全都饥渴地看着这边啦！

“亮太？怎么了？你的脸色好恐怖。”

“呃，啊，没有啦。”

她们两人不知何时已经走到我面前。从近处看果然也很赞……混账，不要再看琴吹了！我的女朋友是森啊！

“对不起哟，我们换衣服换太久。你该不会生气了吧？”

“没、没有啊，怎么可能嘛。”

森很愧疚地道歉，琴吹站在她身边噘着嘴、低着头。

“对了！为了表示我的歉意，我请你吃有名的热带棒冰吧！那是有七种颜色的棒冰喔！”

森开心指着的是竖着“棒冰”旗帜的摊位，前面还大排长龙。

“我过去一下，亮太和七濑先去游泳吧！”

“！”

“森！”

琴吹好像又惊又慌，我也忍不住出声喊森。

森甩着天蓝色的迷你裙往摊位跑去。

喔喔喔喔，别走啊啊啊啊，森——

可是，我灵魂的叫喊传不出去。

森突然回头，带着满脸笑容挥手，又转身继续跑远。

留在原地的我和琴吹之间弥漫着尴尬的沉默。

啊啊，以前好像也发生过这种事？

森误会我对琴吹有好感时，曾故意让我和琴吹独处……

但我现在是森的男朋友耶！我们已经进展到互称“红乐乐”

和“亮太”的关系了耶！不要把重要的男朋友丢着跟其他女生独处啦！笨蛋！一般人应该不喜欢这样吧？应该要吃醋吧？

这情况该说是森很信任我呢，还是森不怎么爱我呢……

我落寞地蹲下。

“啊……琴吹，你去游泳吧，我在这里看着东西。”

“……呃……我等小森回来吧。”

琴吹有点慌张地合起外套前襟，在我身边坐下。

然后她转头看着一旁，脸红地撅着嘴巴。

啊，对了，琴吹一定也觉得自己的打扮很害羞吧。她如果脱下外套，自己一人踏进游泳池，说不定想搭讪的男生会一窝蜂地拥上来。与其那样，还不如在森回来之前一直坐在我旁边大眼瞪小眼。

可是就算她穿着外套，我还是看得见缝隙里的胸脯和裸露在外的细腿，真困扰。

“那件泳装是跟森一起去买的吗？”

我不起劲地没话找话聊，琴吹害羞地喃喃回答：“嗯……我本来想买洋装式的，可是小森叫我一定要选这种……”

森，你干吗不选更低调的啊！

“……她说‘七濑还是积极一点比较好喔’。”

“这、这个嘛……是挺适合的。”

我支支吾吾地说。

“森说的也对啦，偶尔抛开烦恼、玩个痛快也很不错啊。”

“……对不起，今天打扰你们约会。其实你本来打算跟小森两个人来吧？”

琴吹用不太亲切的声音说。

“没、没这种事啦。”

“哪有人会‘刚好’有双人门票和一人用的门票啊?”

“呃!”

“你可以不用管我的。”

我想起琴吹呆呆站在鞋柜前的模样。

露出哭泣般的眼神，抚摸井上室内鞋的琴吹……

森还没回来。

我犹豫地说:“那个……我之前跟天野学姐谈了一下。”

琴吹的肩膀猛然一抖。

“天野学姐说……她对井上没有喜欢或是想交往之类的想法……还说井上的女朋友只有你一个人。”

琴吹顿时转过头来，低声叫道:“这样不行”。

她以死命压抑的表情对吃惊的我说:“因为，因为……井上喜欢的是远子学姐啊!他从很久以前就喜欢远子学姐了!”

然后，她哀凄地看着自己的脚趾。

“我都知道，井上整颗心想的都是远子学姐……我是办不到的……井上最近下课时间不是一直在写小说吗?那都是为了远子学姐。

“我明明跟他说我不希望他写小说……还说不写也没关系……井上自己也哭着说过不想写……可是，他却为了远子学姐写得那么拼命。无论我再怎么想着‘不要写、不要写’或再怎么求他，也一定没用吧……因为井上的心里已经只有远子学姐一个人了。”

我听得哑口无言。第一次听见琴吹一口气说了这么多话。

为什么琴吹会这么讨厌身为文艺社社员的井上写小说咧?她这么不希望他写吗?这真是个谜。

参加文艺社本来就该写诗或小说什么的不是吗？可是她却说不希望井上写，不写也没关系，这是为什么？我也搞不懂井上干吗哭着说不想写。

但是，琴吹剧烈动摇的心情重重地敲上我的胸口。

她以痛苦嘶哑的声音说："本来就是我……介入他们两人之间……井上明明是那么喜欢远子学姐……如果远子学姐那样说……说不喜欢井上，还把他甩了……那井上就太可怜了……"

井上太可怜了。

琴吹含泪说着的时候，我觉得全身上下好像都绷紧到几乎受不了。

明明是自己被甩，竟然还说对方如果被甩掉就太可怜了。

琴吹的脸孔扭曲，积满她眼眶里的泪水好像随时都要满出来——啊啊，你太大意了啦，琴吹！你现在全身都是破绽啊！

森到底在干吗？快点给我回来啊！现在不是买什么棒冰的时候啦！

哇，糟糕！如果琴吹现在说"我好寂寞……请安慰我"，想必我会忍不住用力抱紧她。

我已经惊慌到开始冒出这种愚蠢的妄想了。

琴吹又不是我喜欢的类型，女生就是要温柔体贴啊！不会有比森更好的女朋友了。

可是，这个状况实在太危险，只要是男人一定会有反应的啊！

我情不自禁地想伸手搂住身边那难过颤抖的肩膀，但手指快要摸到她的白色外套时，又惊吓地突然停住。

哇啊！混账！

“琴吹！别哭啦——”

像枝头凋零的花朵一样低着头的琴吹肩膀一震，抬头看着我。

我抱着膝盖，转开视线嘟哝着说：“你如果哭了，我一定会想要抱住你。”

“！”

琴吹惊吓地吸一口气。啊啊，她现在一定对我反感了吧。

我继续盯着前方说：“身边如果有个女生在哭——而且长得这么漂亮、身材这么好，男生多半都会心动吧……这跟男生喜不喜欢这个女生没有关系。可、可是我是森的男朋友，就算你哭了，我也不能抱住你或是干吗，所以你要是哭了，我会很头痛的。”

我感觉到琴吹的视线，表情变得越来越僵硬。如果她只是愣住就算了，要是被她看轻，我会很受打击的。

“我说啊！这应该是森的责任吧！虽然从我这男朋友的嘴里说出来很像在炫耀，不过森真的是个为朋友着想的好女生，她可以听你抱怨听上一整晚。如果你哭了，她也会抱着你，摸摸头、拍拍背来鼓励你啊！她真的是心胸宽广、情深义重的好女孩，所以要哭就去森的怀里哭吧！”

啊，脸真的有够烫，我不敢看琴吹了。

“而且，虽然你比森差一些，也算是不错的女生，所以只要多努力一点，井上说不定就会迷上你。你刚才说是自己介入人家之间，可是恋爱又不是先抢先赢。

“如果真的被甩了，你也还有森啊！就算森只顾着你，我也会睁一只眼闭一只眼，所以你尽力而为吧，别让自己后悔就好。”

好难熬的沉默。

我偷偷瞄了琴吹一眼，发现她正凝视着我，听得出神。

她的眼睛睁得好大，还看得目不转睛——大概就像这样。

哇！你干吗听得这么认真啊？

耳朵越来越烫，好像几乎要烧起来似的，我慌张地说：“刚、刚才那些话不要告诉森喔！还有，刚刚我也没有动心，那只是在说一般的情况啦！我是要告诉你，不要随便在男生面前哭啦！”

琴吹噗嗤一笑。

“喂，你笑什么啊？”

“因为……”

琴吹以柔和的表情笑个不停。

嗯？挺可爱的嘛。这种表情不是很赞吗？

如果拿出这表情，井上说不定也会迷上你啊。

“亮太！七濑！”

森一边大声嚷嚷，一边用双手拿着棒冰跑过来。

“久等啦！排队排得好长喔！咦？七濑在笑什么啊？而且亮太的脸好红喔。”

“笨笨笨笨笨蛋！你想太多啦！”

琴吹站起身来，伸手抱住森的脖子。

“哇！七濑，你做什么啊？”

“我在跟反町说悄悄话。”

“呃？”

"喂！琴吹！"

琴吹紧抱着森，愉快地说："反町说他真的很喜欢小森喔。"

"咦？咦咦咦？"

森立刻像煮沸的茶壶一样红了脸。

琴吹笑吟吟地看着我和森害羞地回避对方视线的模样。

我慌张地说："趁、趁棒冰融化之前快吃吧！"

"呃，嗯，是啊。"

"好漂亮的颜色！"

我们三人坐在椰子树下，气氛有些尴尬地舔起棒冰，后来在波浪翻腾的游泳池里游泳，在浪花之间像小鬼头一样吵闹地玩海滩球，还看了草裙舞，对夕阳和星空的灯光大声欢呼——真是挺快乐的一天。

在回程的电车上，我和森在包厢式四人座的同一边并肩而坐，琴吹则坐在对面的位置。畅快的疲劳感让眼皮渐渐变重，在抵达出发的车站之前，我们三人一直呼呼大睡。

我在浅眠之中，感觉到电车喀哒喀哒摇晃的声音，还有靠在我肩头上的森轻柔的呼吸。森的手指轻轻握住我的手，我一边握回去，一边想着可以三人一起出来玩真是太好了。

琴吹也笑得好开心。

没人能保证她跟井上的恋爱绝对顺利。琴吹是个好女孩，所以我也希望她可以得到好结果，不过这种事是强求不来的。

就算这样，琴吹还是快乐地笑了，森和我看了也觉得好高兴。

加油啊，琴吹。我这么想着。

森不知道是不是睡呆了，她用细微的声音在我耳边说话。

“……亮太，今天谢谢你。还有……我好喜欢你。”

我更用力地握紧森的手。

在这充满舒适幸福心情的时刻，我真想吟出献给神的诗句。

你已经使我永生，
那就是你的喜悦。
这脆薄的杯儿，你不断地把它倒空，
又不断地以新生命注满。

这小小的苇笛，
你携带着它翻山越谷，
随时从笛管里吹出新的曲子。

啊啊，泰戈尔，真是好诗啊！下次也念给森和琴吹听吧……

三月十四日的白色情人节，也是毕业典礼。

井上从前一天就不停对着稿纸猛写，像是不停奔向一个目标的运动选手那般专注、那般沉默。

那个样子甚至让人觉得有些崇高，井上的心里好像只剩写完小说这件事。

琴吹一直悲伤地看着井上的动作。

不过，琴吹忍着心痛欲裂的痛苦，毫不逃避地凝视……心中或许也有了觉悟吧。

当天，她带着哭得红肿的眼睛来上学。

“七濑，你的脸是怎么回事啊？”

“没什么啦，小森。我本来就很怕毕业典礼，即使不是自己要毕业，也会被那种气氛弄哭。”

虽然她以不自然的笑容对担心的森这样说，不过，谁都看得出今天早上一定发生过什么事。

我听森说，琴吹在毕业典礼开始之前被井上甩掉了。

没办法继续交往——井上明确地说出这句话。

森还喊着“别瞧不起七濑”而揍了井上。

我们两人在毕业典礼之间躲在阴暗的化学教室里，她跟琴吹一样红着眼眶，趴在我胸前哭着说：“七濑明明是那么好的女孩！为什么七濑会被甩掉呢？我好不甘心，好不甘心啊！亮太！”

她说井上连一句辩解的话都没说。他没闪开森使尽全身力量挥去的拳头，只是站得直挺挺的，露出哀伤的眼神僵立不动。

“呜……被甩掉的是七濑啊！井上做了那么差劲的事啊！呜呜……他却露出那种表情，太、太卑鄙了！”

她越哭越伤心。

窗外传来《青青校树》的合唱。虽然旋律活泼，却是一首悲伤的歌……

琴吹现在是以怎样的心情听着这首歌呢？

毕业典礼结束后，大家都从体育馆回来了。

可是，里面没有琴吹的身影。

“七濑怎么了呢？总觉得很担心。”

森的脸色发青。

“我也去找找看吧。”

放学后我原本要跟森约会。因为这是我们第一个白色情人节，所以我们都想在这天留下回忆，两人一起订了很多计划。

可是我的心情和森一样，都觉得不能丢下琴吹不管。

我一路冲到体育馆，确认琴吹没有留在那里后又跑出去，绕着校舍到处找。

她该不会躲在建筑物后面还是树丛中，一个人抱膝哭泣吧？

“还是没有，混账。琴吹到底去哪了？”

说不定她去找天野学姐。

一想到这点，我立刻冲到三年级的教室。

走廊上到处都有在校生送花束给毕业生，或是彼此握手。有人哭个不停，也有人在笑。

我挤在人群里前进时，视线里突然出现长长的麻花辫。

天野学姐？

我朝着消失在走廊转角后的辫子追过去。

然后，我在转角处突然刹车，因为我看见琴吹和天野学姐面对面站在窗边。

我慌张地缩起脖子。

“远子学姐，你太任性了！”

琴吹的声音断断续续地传来。

像是哭泣，又像是在生气的悲痛声音。

“为、为什么井上喜欢的人……都是朝仓和远子学姐这种……任性的人呢……”

空气凝重得让人喘不过气。

琴吹和天野学姐的声音都比悄悄话还小声，几乎听不到。

我只觉得琴吹的态度好像是在责怪天野学姐。

光是这样，我就觉得心痛难耐了。

突然，琴吹的声音又变大。

“这是我送你的毕业礼物。因为我留着也没用，所以送给远子学姐吧。”

我偷瞄一下，只见琴吹把手上的手提纸袋塞给天野学姐。

天野学姐看看纸袋里面，露出像是要哭的眼神。

她嘴唇动着，好像对琴吹说了什么。

对不起……大概是这类的话吧。

琴吹把脸转向一旁，回答了什么，但我听不到她的声音。

天野学姐一脸悲伤地听着琴吹说话，最后拿着纸袋悄悄往走廊另一边离开。

琴吹始终咬着嘴唇，双手紧紧握拳。

然后，我听见脚步声往这里靠近。

我迅速躲起来。最好快点离开这里，不过我却完全动不了。

琴吹的脚步声越来越接近，我急得心脏扑通扑通跳。

啊啊，她就要走过来了……

“！”

像小孩一样哭得满脸泪痕的琴吹惊讶地看着我，我尴尬地站在原地。

琴吹想要开口，却发不出声音。她像是要吸回掉下的泪水似的，用力吸气、死命眨眼，但还是止不住眼泪，很痛苦地扭曲脸孔。

森不在这里。

我没办法叫她不要哭。

因为，琴吹已经很努力了，她努力得够多了。

她发觉井上的心转向其他女生，却还是一直看着他，直到濒临极限。

她会来见天野学姐，还说了那么严厉的话，也都是为了井上吧？

她担心井上多过担心自己。

“……我来代替森吧，只有这次。”

我呻吟般地说，然后抱住琴吹。

琴吹好像已经忍到极限，发出了呜咽。

她颤抖着肩膀，不停哽咽，眼泪都沾湿我的制服。

唉，你尽情地哭吧，鼻水沾到我的制服也没关系。不要在意，尽量哭吧，全都释放出来吧。

我觉得自己的心情也变得好苦涩，一边拍拍琴吹的肩膀。

“做得好，你很努力了。”

我鼓励着她说。

这个情况不知道持续了多久。

琴吹终于退开，吸着鼻子小声地道歉说："……对不起。"

我跟森会合，把琴吹交给她以后走出校舍，因为突然有种想要散步的心情。

而且，我虽然不觉得当时抱住琴吹有什么不对，还是觉得有一点对不起森。

不久前还呼呼刮着北风的中庭，此时充满温暖的阳光。

啊啊，春天已经来了呢。

我一边看着刚长出的花苞和树上新生的嫩芽，一边在校舍周围走着。

"恭喜毕业！"

"学长，谢谢你的关照。"

"要再回来玩喔。"

我听到了这些对话。

在这一天到底有过多少次离别呢？也有人走出学校之后就再也不会见面了吧？

这虽然是每年反复上演的光景，我却觉得很感伤。

这时，我看到一位拿着很多花束和一个褐色信封，绑着辫子的高三学生。

"天野学姐！"

我跑了起来，在校门口叫住她。

"反町同学。"

天野学姐停下脚步，成熟地露出微笑。和书包一起提在手上的纸袋，就是琴吹给她的东西。

像在音乐厅讲话的时候一样，天野学姐的表情平静又亲切。

我想起琴吹的哭脸，胸口隐隐痛了起来。

对琴吹来说，这个人是情敌。

但是对我来说，她是个性鸡婆又奇怪，经常愉快地推荐书给我的辫子文学少女。

她会突然跑到我的教室，把便条纸拿到我的鼻尖说“你就是写这封信的人吧”，还挺起扁平的胸部介绍自己“如你所见是个‘文学少女’”，也曾以开朗的声音和神采飞扬的眼睛鼓励我向前迈进。

如果不是她看了我放进信箱的便条而跑来找我，或许我跟森就不会交往。

我对她鞠躬敬礼。

“多谢学姐这些日子这么照顾我，学姐介绍给我的海涅、拜伦、中也、泰戈尔诗集，全都是很棒的诗，我不会忘记的。”

我直到现在还是不知道琴吹、井上和天野学姐之间有着怎样的纠葛。

我也不知道天野学姐真正的想法。

更不知道她跟琴吹说话的时候，眼神为什么那么悲伤。

“可是！学姐别只顾着教别人，我觉得学姐偶尔也可以试着为自己去阅读、去实践啊。”

天野学姐睁大了眼睛。

我跃然说道：“去谈恋爱吧！文学少女！”

这是我献给她的声援。

因为，藉由海涅、拜伦、中也和泰戈尔教导我不要犹豫也不要找借口，该正视自己的心情并坦率行动的人，就是这位“文学少女”。

"恭喜毕业！"

"谢谢你！"

天野学姐带着灿烂的笑容回答。

她抱着各种颜色的花束大大挥手，像是捧着宝物一般小心翼翼紧抱那个厚厚的信封，朝着校门走去。

天野学姐一定是越悲伤就越会露出笑容。这样究竟算好事还是坏事，我也搞不太懂。毕竟哭出来可以让心情比较轻松。

虽然这么说，但泰戈尔的诗依然重叠上她在最后一刻对我展现的完美笑容。

当我走的时候，
把这当做我的道别吧。

长长的辫子被春风柔和地吹起，轻轻地远去。

就这么说吧，
说我所看过的是卓绝无比的。

好瘦的背影，但是又比任何人都可靠、更勇敢。

我曾尝过在光之海上开放的莲花
其中隐藏的蜜汁，
我得到过如此祝福。
——把这当做我的道别吧。
在这形象万千的剧场里，

我演了一场戏，
还在这里瞥见那无形的身影。

她睁着闪闪发亮的眼睛，为我开启未知世界的门。
让我听见过去那些诗人的声音。

我因那无从接触之手的摩抚
喜悦得手舞足蹈；
假如终结要来临，就让它来吧。

直到最后都凛然地挺直背脊……

——把这当做我的道别吧。

她就这么消失在校门外。
毕业的天野学姐，今后会走上怎样的路呢？
被留下来的琴吹和井上也是。
大概每个人都是有时颠簸有时颓丧，同时稳健地走着各自的路吧。

“亮太。”

后面传来森的声音。她好像顾虑着什么事，犹豫地抬头望着我。
“咦？琴吹咧？”

“她说她自己一个人没事的，叫我来找亮太……还说我在白色情人节把男朋友丢在一边去陪她，她也不会开心……”

“是吗……”

琴吹果然是个好女孩。

“井上真是身在福中不知福。”

他竟然会甩掉琴吹七濑。

森畏畏缩缩地拉拉我的袖子。

“亮太……你找到七濑的时候……七濑正在哭吧？还有，你制服胸前的部分都湿了……你、你安慰过七濑吧？这、这样很好啦。我不是怀疑你的动机……只是……”

她更用力地拉紧我的袖子，有点落寞地说：“我真的……有一点吃醋啦……”

我的胸中充满甜蜜的心情，体内好像有什么在蠢蠢欲动，让我无法镇定。

我轻轻吻了森的右脸，像森上次亲我的脸颊那样。

我心想，让森也感受一下我当时的惊讶和心悸吧。

“这是预演。”

我对睁大眼睛、面红耳赤的森笑着说。

然后森也慢慢露出笑容，撒娇似的说：“……叫我红乐乐。”

“红乐乐。”我紧紧抱住她，轻声叫道。

她一边挣扎一边说：“还是会害羞啦！”

所以我满口“红乐乐、红乐乐”地叫着她。

她大喊“不要不要”捶着我胸口的模样真是可爱。

云朵悠闲地浮在天空，和煦的微风吹过中庭。

不久之后，樱花也会像是祝福着崭新的旅程而绽放吧。

我也和森一起走了出去。

反复过着有时出糗、有时悲伤、有时失落、有时因为喜欢的女孩一句简单的话而欢天喜地的日子。

随时怀着一颗诗心。

七濑的恋爱日记 特别篇

“那就明天车站见。”

“嗯。那个……我、我很期待。”

紧贴在耳朵上的手机里传来一声轻笑。

“我也是。晚安，琴吹同学。”

“晚、晚安。”

挂断电话以后，我还低头看着粉红色手机，发呆了好一阵子。

明天……真的要跟井上约会了。他说要去看电影，然后一起吃饭，还要陪我去买东西。

不久之前还因为朝仓出车祸而心智退化成幼儿，井上去照顾朝仓不来上学，搞得我心情跌落谷底……现在就像从漫长的隧道走出来一样，整个世界突然变得宽广明亮。

那时井上过得很痛苦，只能无计可施地看着井上的我也觉得心都要碎了。

不过，现在井上在学校都笑得好开心。那不是配合周遭人们的敷衍笑容，而是像我第一次见到他时的那种坦率笑容。

每当井上对我露出这种表情，我就觉得脸颊发烫，心脏也快要跳出来。

大家在天文台里说出自己想要成为哪种人的时候，我说“想要成为能坦率表达情感的人”。

可是只要井上凝视着我，我就害羞得方寸大乱，口气也会不知不觉地变差。

我明天要好好加油，一定要主动跟井上说话。如果可以在井上面前笑得可爱一点就好了。

我光是想象明天的事，就不禁开心得喜上眉梢。

可是，我立刻想到一个很现实的问题。

“唔……该穿什么去呢？”

床上散满从壁橱和衣柜翻出来的衣服、包包和首饰，简直像是刚刚遭过小偷。

我已经烦恼了两个小时。

还是穿这件洋装吧？裙摆和衣领都有蕾丝，感觉很可爱。不过，少女风格太重好像会有反效果。

那就穿这件长裤和外套吧？不对，太随性了，会很像工作服。

裙子是短一点的好呢？还是温柔婉约的长裙比较好？新年参拜那次我一开始就决定穿和服，所以不需要烦恼，可是井上到底喜欢什么款式？

啊啊，如果我有随口问过就好啦！

我在全身镜前不断穿穿脱脱的时候，手机发出短信通知声。

是小森，上面写着：“明天要不要去购物啊？

我回复：抱歉，我已经有约了，然后还在最后多加一句话。

——男生在约会的时候，看到女生穿什么会比较高兴呢？

我传完短信还不到五秒，电话就直接来了。

“七濑七濑！你明天要约会吗？对方是谁？井上吗？”

“不不不不是啦！不是真的要约会啦，只、只是想知道一般的情况是怎样……只是这样啦。”

“唔——真可疑——”

小森的语气笑嘻嘻的，害我的脸都热起来了。

“真、真的不是那样啦！”

我结结巴巴地辩解。

“嗯，我那就当做是这样好了。”

她别有深意地回答。

“约会服装啊，我想最重要的还是刺激吧。”

“刺激？”

“是啊，像是贯注了斗志，会让男生感动地想着‘她是特地为我打扮的’这种衣服吧。”

贯、贯注斗志？应该不是指柔道服之类的吧……

“哎呀，不过太超过的话也是会丢脸啦……像是泳装围裙之类……”

“咦咦咦咦？”

我才不敢穿泳装围裙咧！就算是为了井上，我也绝对办不到！

“哇哇哇！我刚刚说的只是比喻啦！你绝对不能照着做喔！如果被对方家人看到就惨了……算了，这不重要啦。啊！对了，你就穿上次特价买来的那件衣服吧！白色的，很薄的那件。”

“咦咦咦……可是那是要穿在里面的……”

“没问题的，只穿那件比较好啦。下面再配迷你裙和靴子，一定会很可爱。”

“是……是这样吗？”

“嗯，你本来就很漂亮了，再添加一些魅力的话，井上绝对会看呆的。”

“我就说了没有要跟井上出去嘛！不、不过……还、还是谢谢你陪我商量。”

我红着脸挂断电话。

“琴吹同学，你等很久了吗？”

“没有……我才刚到。”

“难道我们搭的是同时间的电车吗？”

“或、或许吧……”

我支支吾吾地回答。

跟井上说话的时候，我的脸还是僵硬到极点，而且今天还特别紧张，脖子和腋下都冒汗了。

唔……穿这套衣服真的好吗？

“那我们走吧。”

“呃……嗯。”

井上今天也很愉快，又很温柔。他不经意地走在靠马路的那边，用很自然的语气跟我说话。

我满脑子都在想外套底下的衣服，脚步都踩不稳，汗也越流越多。

到了电影院之后，井上连我的票都一起付了。我想给他钱的时候，他说："没关系啦，因为我总是让你操心，所以今天让我请你吧。"

然后，他便把钱包收起来。

"谢……谢谢。"

"不客气。"

那开朗的笑容触动我的心弦。

啊啊，井上对我笑了。我刚认识井上的时候，他总是对着朝仓笑，但现在他已经看着我的眼睛露出笑容。

光是这样已经让我觉得很幸福，可是走进播放厅坐下以后，我立刻陷入危机。

"咦？琴吹同学，你怎么了？"

井上看到穿着外套围着围巾的我扭扭捏捏地站在那里，很讶异地问道。

"……"

"你不喜欢这里的位置吗？要换个地方吗？"

"没、没有啊……"

"时间还很够，如果想去洗手间就去吧。"

"不、不是啦……"

"嗯？"

井上越来越疑惑地看着拉住浅红色的围巾一角，低着头不动的我。

唔唔唔……我无可奈何地解开围巾，脱下外套。因为很不好意思，所以我尽量拖延时间，慢吞吞地脱。

井上瞪大眼睛。

“！”

我的脸好像热得要着火了。

外套里面是质料柔软的白上衣，像衬衣一样没有袖子，所以我的肩膀和手臂全都露出来。而且领口开得很低，剪裁又很贴身，所以胸部好像要爆出来似的，好丢脸啊！

虽然小森说“井上绝对会看呆的”，可是我总觉得与其说是看呆，更像是吓到……早知道我就在外面多穿一件啦！

井上像是看到什么不该看的东西似的转开视线。

怎怎怎怎怎么办啊？吓到他了啦……他一定在想“这家伙太拼了吧，真可怕”……我感觉全身僵硬，胃也快要痉挛了。

我在井上身边坐下，之后一直紧紧缩着肩膀。

灯光变暗，开始播预告片，我总算松了口气，因为这样就不用在意裸露的手臂和敞开的领口。

电影是迪斯尼的新片，那是井上说“这部如何”而提议要看的。井上体贴地挑了我很喜欢的浪漫奇幻故事，让我觉得好开心。

电影正如想象的合乎我的胃口，而且也很有趣，可是我觉得越来越冷。

裸露在外的肩膀到手腕冻得像棒冰一样，身体也冷得直发抖。

我不时用双手抱肩，或是悄悄摩擦两只手臂，却还是止不住寒意，连鼻水都流出来了。

讨厌……井上在旁边，我哪敢擤鼻涕啊！

在我冷到冒起鸡皮疙瘩而抖个不停，一边吸着鼻涕的时候……

“琴吹同学。”

耳边有个声音悄悄传来。

“！”

我吓得差点跳起来，却看见一张卫生纸递到我眼前。

“我也曾经看电影看到哭呢。”

井上用只有我能听到的音量低声说着。

我知道井上发现我在吸鼻子，全身一下子热了起来。

他没有给我手帕，而是拿出卫生纸，也是因为发现我不是在哭，是在流鼻水吧？为了让我能不尴尬地擤鼻涕，他还故意说他也有哭过。

“谢、谢谢……”

我害羞到无以复加，连眼底好像都发红。

我接过卫生纸，轻轻地擤鼻涕。

井上又靠过来轻声说：“把围巾披在肩上应该会比较暖和吧。”

我的脸又烫了起来，竟然连冷到发抖的事都被他看穿。

“呃……嗯。”

我摊开接近淡红色的粉红围巾披在肩上。冷冰冰的肌肤裹上薄薄的围巾，立刻暖起来了。

啊啊，脸好烫啊……

这时出现了搞笑剧情，观众们发出哄堂大笑，井上也在旁边笑出来。

我觉得这好像是在笑我，所以在电影播完之前一直紧握围巾一角，缩紧身体。

呜呜呜……等一下非得扳回一城不可！

“电影很有趣呢。”

“是、是啊，还满好笑的。”

走在行人步行区时，我一边附和着。虽然没办法轻松地闲聊，但至少要露出笑容才行。我把力量集中在嘴角和眼睛，不过我只觉得表情好像更僵硬了……

我好想把脸转开啊……不，不行，这样会让人觉得我在生气啦！

我们继续走到车站大楼。

井上看着餐饮店列表，一边问我：“有比较想吃的东西吗？”

“没有，哪里都……”

我话一出口就愣住了。

刚才我是不是回答得太随便？回答“哪里都好”，说不定会被他当做毫无主见的女生啊！

我是不是该重新回答呢？可是、可是，要选哪一间店？如果说“选井上想吃的就好了”这样行吗？啊啊，这样也很没主见嘛！

我自己在那边烦恼的时候……

“那就去吃这间意大利面吧。”

井上柔和地微笑，选了女生多半会喜欢的店。

“嗯，可、可以啊。”

啊，我的口气好像又变冷淡了，难得井上这么为我着想……

如果我能可爱地喊出“好好吃的样子喔”就好了。对了，等意大利面送上来的时候再说吧，一定要说！一定要说出：“好好吃喔，选这间店真是选对了！谢谢你，井上。”

我抱着决心走向电梯，跟井上一起进入店里。

我们隔着桌子相对而坐，各自翻开菜单。因为井上这时又说："还满冷的，围上围巾比较好喔。"所以我像在电影院时一样披了围巾。

"午餐有附色拉和饮料呢。啊，我点这个鳕鱼子奶油面吧。"

"我要……呃……"

我紧盯着菜单思考。

吃意大利面的时候，我都会点鳕鱼子。

可是如果我点了跟井上一样的东西，好像会被认为很没有主见。就选跟井上不同的东西吧，这样也比较有话聊。

肉酱面会喷得到处都是，这个不行。

辣椒意大利面加了大蒜，这个也不行。

西红柿意大利面……好像太普通了。

啊，这间店的招牌渔夫意大利面好像很好吃。说明写着这是用大量海鲜做的西红柿口味意大利面，所以是海鲜面吧？好，我决定点这个。

"啊，我要渔夫意大利面。"

井上向女服务生点了餐。

在我们聊着电影时，意大利面送上来了。

我正想说出早就预备好的台词，声音却卡在喉咙里出不来。

咦？这是……渔夫意大利面？

放在我面前的是很像拉面碗的深盘子，大红色的西红柿酱汁满得都淹到盘缘，中央则是卷成漩涡状的宽面，上面盖着一大堆虾子、孔雀蛤、花枝等海鲜。而且西红柿酱汁好像加了大蒜，独特的浓烈味道和蒸气一起冒上来。

"好像很好吃呢，我要开动了。"

井上用叉子卷起鳕鱼子口味的意大利面，放进嘴里。

“嗯，不错耶。”

“……”

我一手握着汤匙，一手握着叉子，戒慎恐惧地捞起坐镇在浓稠西红柿酱汁中的意大利面。

先用叉子的前端挑起两三根面条，再放在汤匙上卷起来。

可是面条被油腻的汤汁浸得滑溜溜的，非常难卷。

面条尾端一直乱跳，每次弹起时都会溅出鲜红汤汁，让我看得好害怕。

我穿的可是白衣服啊！想要完全不沾到衣服吃完，根本不可能嘛！上衣一定会被喷得到处都是，而且还会散发出大蒜的味道。

我为什么不点西红柿意大利面或是日式青酱呢？

我实在不知道要怎么把稍微动一下叉子就会滑落的意大利面优雅地送到口中，真觉得欲哭无泪。

卷在叉子上的面条渐渐冷却变硬。

就在这时……

“琴吹同学的面好像很好吃呢。我真是点错了，如果是点那道就好了。”

“咦？”

井上眉开眼笑地问：“琴吹同学喜欢鳕鱼子吗？”

“呃……嗯。”

“那要不要跟我换？虽然我已经吃过一口。”

“呃……嗯。”

“谢谢你。”

井上笑了笑，把我的渔夫意大利面跟他自己的鳕鱼子奶油面互换。

“我要开动了！”

他用叉子卷起面条，呼噜呼噜地吸起来。

“果然很好吃耶！谢谢你，琴吹同学。”

“不、不会……我也要谢、谢谢你。”

井上一定是发现我很困扰才跟我换的，因为我用那么无助的表情瞪着盘子……想到这里，我就觉得又开心又苦涩。

加了很多粉红色颗粒的鳕鱼子奶油面是温和的奶油风味，好吃得让人非常感动。

面对动不动就陷入沉默的我，井上还是以自然的语气随口闲聊。像是学校的事、最近喜欢的音乐、小时候看过的卡通，或是喜欢的书之类。

“琴吹同学，你还记得小学时第一次去图书馆借的书吗？我借的是《我跟河童的暑假》。”

“那本也有拍成电影呢。我好像是……《波莉安娜》吧……虽然是图画书。”

“我知道，那个故事说的是一个《找寻快乐》的女孩吧。好像叫做波特？”

“嗯……我也像她那样找过快乐呢。我会在日记里写下那一天让我觉得很快乐的事，像是营养午餐有布丁、上课时有蜻蜓停在窗框上、老师戴了很漂亮的花朵胸针……大概都是这类的事情……”

“哇，好可爱喔。”

“呃！那、那个……”

他说了可爱！井上刚刚说我可爱！

我的脸颊立刻热起来，同时也觉得很可悲。

开心成这样的自己真可悲——虽然开心，但一下子就冷却，还有些心痛。

因为我会为了井上区区一句话而开心得手足无措，可是井上却完全没有变化。

那句可爱大概也不能代表什么吧。

我自己高兴成这样，真是愚蠢。

“……井上好像很习惯跟女生约会呢。”

“呃……”

这句话脱口而出，我自己都吓了一跳。

“啊……对不起！我不是在讽刺你，绝对不是这样……那个，是因为……好、好像只有我一个人会紧张……而且我也只有跟井上约会过……所以那个……”

我也搞不懂自己到底想说什么，井上好像很惊讶。糟糕，该怎么办？太丢脸了。我越来越慌，一边说着“这个……那个……”一边挥着手，结果撞到杯子，水杯都翻倒了。

“呀！”

水渐渐在桌面扩散，我紧张地想把杯子放好，可是手没抓稳，杯子摔到地上。

“！”

啪啦一声，杯子摔破。女服务生飞奔过来。

“真是对不起。”

井上向对方道歉，女服务生收拾了破掉的杯子。

“对……对不起……”

我窘得红了耳朵，缩起身体。

虽然井上回答“没关系啦”，我还是很想立刻挖个洞躲进去。

我们再三道歉说“真的很抱歉”才走出店外。

午餐的账单是井上付的。

“下次再请我喝茶就好了。”

“……嗯。”

下次……还会有下次吗？我都那样拼命出丑了。

“对了，琴吹同学，你说过吃完饭想要去买东西吧？”

“……还是算了。”

“咦？可是……”

“我、我昨天跟小森出去时已经买了，所以不用了。”

其实买东西是借口，我只是觉得跟井上一起到处逛应该会很愉快。

可是，我实在不想继续在他面前丢脸。难得井上找我出来约会，我却一直给他添麻烦，继续跟他在一起的话，我一定又会做错事。我已经想回家了。好像一不小心就会哭出来，眼睛觉得酸酸的。

井上用困惑的表情看着我，然后，他神情愉快地说：“不好意思，琴吹同学，那你可以陪我去买东西吗？”

“那个……你说买东西……就是这里？”

“嗯。”

可是，这里不是男生会来的店啊……

架子上摆的都是可爱的布偶、亮晶晶的手机吊饰、小碎花茶杯、化妆包、餐垫、彩色行事历和信纸组，周围的顾客也全都是女生。

“我想买些礼物送给妹妹。琴吹同学，你可以帮我挑吗？”

“要、要我挑？”

“嗯。我觉得这种事还是女生比较清楚，你挑自己喜欢的东西就好了。”

“呃……”

“这个兔子布偶和那个熊猫布偶，你喜欢哪个？”

“呃……熊猫。”

“那这个粉红色杯子和那个小碎花杯子呢？”

“……粉红色的。”

“这些餐垫里面哪个好呢？”

“……我觉得草莓的图案比较可爱。”

井上像这样问我，我也一一照实回答。

“谢谢你，我去结账了。”

井上拿着熊猫布偶和粉红马克杯走向柜台，这时我还是继续看商品。

……我也来买些什么吧。

说不定这是我最后一次跟井上约会，就当做是留个纪念吧。

我在贴纸区看着水果、甜点和星形的贴纸，又觉得泪水快要涌出。

井上一定觉得我是个冒失又无趣的女生吧……可以跟井上交往，还能跟他约会，我是这么开心。可是越靠近井上，我就会暴露越多缺点。

井上是那么温柔，又很懂得跟女生相处，而我却没办法轻松自在地跟他说话，老是一副不领情的样子，他跟我在一起一定很不开心吧……说不定他再也不会约我出来了……

我越想越难过，正在垂头丧气的时候……

外套口袋里的手机响了起来，那是我很喜欢的偶像女歌手唱的情歌。

咦？怎么会？这音乐是井上专用的铃声啊……

我急忙把手机贴在耳边，小声地说："喂、喂喂……"

"琴吹同学。"

井上的声音从手机里传来。

"井、井上！你在做什么啊？"

我四处张望，到处都看不到井上的身影，他该不会自己先走了吧？

我因震惊而全身无力，喉咙颤抖。不会吧……太过分了……

井上以温柔的语气说："如果当着你的面，我可能会害羞得说不出来。"

"咦？"

"今天跟你出来玩真的很开心。"

井上说的话慢慢渗透到我的耳朵里。

"我以前确实经常跟美羽在一起，所以……我可能很习惯和女生相处……"

他似乎很在意我刚刚说的话。

“可是，琴吹同学和美羽是不一样的。”

我觉得心头一紧。

“我跟你出来，还有讲话的时候都很紧张，因为我很多事情都不知道，所以觉得很迷惘。”

真的吗？原来紧张的人不只我一个？井上跟我说话时也很紧张吗？

“我也跟你一样啊，所以我觉得我们以后应该慢慢地互相了解。希望你能把心里想的事情告诉我，就算只是一点小事也没关系，这样我会很高兴的。”

我的心脏甜蜜得怦怦作响，胸中感动不已。

井上轻声说“我在店外等你”。

我把手机拿在耳边，小跑步出去店外。

店前的人行道上，跟我一样把手机贴在耳边的井上有点害羞地笑着。

井上的脸沐浴在午后的阳光里，看起来好耀眼。

好甜好甜的笑容。

井上拿着印上商店名称的手提纸袋递给我。

“这是今天的纪念品。”

“这、这不是你要买给妹妹的礼物吗？”

“那个也买了啊。不过，这是琴吹同学的礼物。马克杯可以吗？”

我把纸袋拿在手上，发现它比外观要来得重。

就是那个粉红色的马克杯吗？

井上以温柔的眼神笑着，我高兴得心脏都快炸开。

我也笑了。这次的笑容不是硬挤出来的，而是由衷希望多少

能把那种闪耀的心情传达给井上。

“谢谢。”

井上也扬起嘴角。

“我们走吧。”

他关起手机说，我也关了手机。

“嗯。啊，先等一下好了，我还有东西没买。我可以回店里一下吗？”

“那我在这里等吧。”

“我、我立刻就回来！”

井上一脸温和地目送着回头大叫的我。

我冲进店里，拿起水蓝色的马克杯。这是我要送给井上的礼物。

接着我又跑到贴纸区。我买了上面印着一颗红心的马克杯形贴纸，为这幸福到让人想哭的快乐日子留做纪念。

在回程的路上，我和井上手牵手走着。

“琴吹同学，下次再一起去看电影吧。”

“嗯。”

“去水族馆和游乐园也不错。”

“是啊。动物园也不错啊。”

“琴吹同学喜欢什么动物呢？”

“唔……企鹅。”

我嘴上回答着，同时想起家里的那个企鹅布偶，脸颊因此有些发烫。

“那井上呢？”

“应该是雪豹吧，很白很漂亮喔。啊，琴吹同学今天穿的衣服也很可爱呢。”

“为、为什么突然这样说……”

“嗯？因为是白色上衣啊，很适合你喔。不过……我看得都心跳加速了。”

井上稍微脸红。我们相握的手上有些冒汗，那是我的汗水？还是井上的？

“笨、笨蛋！”

“啊，对不起。”

“不会啦，不需要道歉……可是，那个……我很高兴……也很不好意思。”

我紧张得手心冒汗，一边悄声说出真心话。

晚上洗完澡以后，我用井上送的粉红马克杯泡了奶茶，写起日记。

我把马克杯和心形的贴纸到处贴在日记上，也贴在今天的电影票根上，甚至是买贴纸和马克杯时拿的收据，然后笑嘻嘻地望着。

今天有好多好多的“快乐”。

跟井上在一起时，就算没有特地找寻快乐，也会有一件接一件好事从天而降。

我放下笔，把企鹅布偶紧紧抱在怀里。

企鹅脖子上的缎带挂着的校徽，是我第一次见到井上那天他给我的。

我一边想着井上的脸，一边红着脸亲了企鹅布偶。

“井上，晚安啰。”

附录　某一天的七濑　　Nanase Note

☆＼（*^∀^*）／☆
我跟井上约会啰～

o（￣Д￣o）（o￣Д￣）o
我好紧张，而且一直提心吊胆。

＼（≧Д≦）／
频频出错，慌张地在心里哇哇大喊。

（；Д；）
虽然也有想哭的时候，

（^—^）嘻嘻
可是因为井上温柔地对我微笑，

（//°▽°//）
让我觉得好感动，

＼（★^—^）人（^▽^★）／
真的很快乐喔～

我最喜欢井上了。希望下次可以再去约会。
（∪。∪）啾～☆

后记

大家好，我是野村美月。正如插话集第二集所预告的，本书是由琴吹同学、小森和反町担任主角喔！

“文学少女和呼喊爱情的诗人（海涅）”写的是从本传的《背负污名的天使》到《绝望恸哭的信徒》之间的事。本传因为美羽的阴谋和各种事情而显得很沉重，所以我始终很想写些开心的故事呢。

以反町当叙事者写起来很轻松，容易会错意的小森也很有趣。竹冈老师的人物设计又创造出了极品，我一看到草稿就涌出一种“好想多写一些这两人故事”的冲动，所以又继续写了拜伦→中也→泰戈尔，变成一整个系列。

文中提到的每一首诗我都很喜欢喔。尤其是泰戈尔的《吉檀迦利》，每一首都很动人，我一定要大大推荐！从孟加拉国语直译的诗或许比较忠于原味，不过英语版译本的透明感还是会让人大受震撼呢。

说到反町的报仇情节，是从《迈向神境的作家（下）》抽出一些片段而写成。所以那时写的虽然是正经严肃的场面，我却因为想到躲在暗处惊慌失措的反町，自己一个人笑个不停。

关于小森的名字，我觉得很可爱喔！（虽然汉字写起来有点那个。）

我最近经常看见令人惊讶的名字呢。因为我自己的本名是随处可见的名字，所以一向很憧憬花哨的名字。我小时候看到外国故事里的佛罗伦蒂娜或是迪亚玛蒂奴这种名字，都会羡慕地叹息。我也很喜欢看得奖名单或是婴儿命名辞典这些东西。

高中国文课看到“自己的名字”这个作文题目时，我满篇都在抱怨爸爸妈妈为什么不多花些心思帮我取名，结果在师长三方会谈时，导师（也是语文老师）笑着告诉我爸爸：“我家的女儿也取了跟○○一样的名字呢，哈哈哈哈。”让我冒出一身冷汗。

但是，现在不管是自己的名字或是汉字蕴含的意义，我都很喜欢。

所以小森几年以后说不定也会感谢父母帮她取了这个名字。还是说，她会一直喊着不准叫她的名字呢……唔……

“爱恋插话集 2”也可说是琴吹同学的特集。虽然她一直过得很可怜，到了外传还被菜乃压过，变得越来越悲情，可是她一定能得到幸福，所、所以请大家再多等些时日吧。

某位认识的作家对我说过：“七濑虽然不是井上心叶故事的女主角，却是琴吹七濑这个故事的主角呢。”让我觉得好感动。这句话说的没错，连其他所有登场人物也都可以这样说吧，任何人都是自己故事的主角喔！

来换个话题，插画家竹冈老师为外传画的插画真的好棒喔！虽然绑一边辫子的彩页是我自己提出的要求，可是成品比我想象的还要出色呢！菜乃的表情每一种都好可爱，我还把她跟心叶对话的彩页拿来当计算机桌布喔。

同一时期，漫画版“文学少女”系列的作者高坂老师也在杂志彩页上画了只绑一边辫子的远子喔！远子在麻贵画室里解开一边辫子的那张图，其实就是高坂老师提议的。因为我本来很犹豫要让远子如常绑着辫子，还是要解开，跟高坂老师吃饭的时候谈了一下，老师就回答“只解开一边如何呢”。漫画版的《文学少女和渴望死亡的小丑》现正热卖中！

还有日吉丸晃老师的漫画版《文学少女和美味故事》的连载已经从《Beans A》换到《Asuka》月刊了。将从七月二十四日发售的九月号重新开始连载，所以也请大家多多支持。稍微出场了一下的成年版心叶和国中生舞花感觉很不错哟！

剧场版动画的剧本已经完成，配音员也都定案了，所以请大家继续等待后续的报告。

那就先这样了！下次就在外传第二集再见吧。

二〇〇九年　六月二十二日　野村美月

※ 本书引用或参考以下著作：

《世界の詩集三　ハイネ詩集》书中〈あなたの青い目で〉〈告白〉〈歌のつばさ〉〈愛のあいさつ〉〈ばら　ゆり　はと〉（海涅著，井上正蔵译，角川书店出版，一九六七年二月十日发行。）

《世界の詩7　バイロン詩集》书中〈M・S・Gに〉〈惑いは破れ、恋は去りぬ〉〈ロマイカ語の恋の歌〉〈印度風の唄〉〈追憶〉〈女よ〉〈二人が別れたとき〉〈別れる時に〉（拜伦著，阿部知二译，弥生书房出版，一九六三年十一月二十日发行。）

《世界の詩18　中原中也詩集》书中〈サーカス〉〈時こそ今は〉〈盲目の秋〉

〈妹よ〉〈汚れっちまった悲しみに……〉〈悲しき朝〉(中原中也著，弥生书房出版，一九六四年八月十日初版发行，一九八八年五月十日改订十四版发行。)

《新潮日本文学アルバム30　中原中也》(秋山骏编、传记，大冈昇平赏析，新潮社出版，一九八五年五月二十日发行。)

《中原中也》(大冈升平著，角川书店出版，一九七四年一月十五日发行。)

《タゴール詩集》(泰戈尔著，渡辺照宏译，岩波书店出版，一九七七年一月十七日发行。)

《世界の詩39　タゴール詩集》(泰戈尔著，山室静译，弥生书房出版，一九六六年十月五日发行。)

《タゴール詩集　新月・ギタンジャリ》(泰戈尔著，高良とみ译，阿波罗出版，一九六二年三月五日发行。)

《ロリータ》(弗拉基米尔・纳博科夫著，若岛正译，新潮社出版，二〇〇五年十一月三十日发行。)

《ケストナー少年文学全集四　飛ぶ教室》(埃里希・凯斯特纳著，高桥健二译，岩波书店出版，一九六二年五月十六日发行。)

《銀の匙》(中勘助著，岩波书店出版，一九三五年十一月三十日第一刷发行，一九九九年五月十七日改版第一刷发行。)

后记

小森和反町终于在书中得到好结果。
真开心。

年关时节的草稿。
在冬天海边，
冻得牙齿打颤的两人……

各篇首度出处

小森的自言自语（刊登于 FBonline 二〇〇八年三月号）

文学少女和呼喊爱情的诗人（刊登于 FBonline 二〇〇八年四月号）

文学少女今天的点心～《洛丽塔》～（刊登于 FBonline 二〇〇七年十一月号）

文学少女和急待亲吻的诗人（刊登于 FBonline 二〇〇八年十月号）

文学少女今天的点心～《飞翔的教室》～（刊登于 FBonline 二〇〇七年十二月号）

七濑的恋爱日记　其一　唯一的心愿（刊登于 FBonline 二〇〇七年八月号　原名“文学少女今天的点心　外传·七濑的恋爱日记”）

七濑的恋爱日记　其二　讨厌的隐情（刊登于 FBonline 二〇〇七年九月号　原名“文学少女今天的点心　外传·七濑的恋爱日记续集”）

七濑的恋爱日记　其三　明天一定会……（刊登于 FBonline 二〇〇七年十月号　原名“文学少女今天的点心　外传·七濑的恋爱日记续续集”）

文学少女和玷污名声的诗人（本书初次公开）

文学少女今天的点心～《银汤匙》～（刊登于FBonline二〇〇八年一月号）

文学少女和献上祝福的诗人（本书初次公开）

七濑的恋爱日记　特别篇（本书初次公开）